江戸人情づくし
お前極楽

榎本滋民

論創社

お前極楽　江戸人情づくし　目次

装丁　野村　浩

お前極楽

江戸人情づくし

お前極楽

「なんてったらいいかな」

といって、男が鼻をすすったのは、三度目の晩の、なじみになった床《とこ》でだった。

かぜをひいているのでもないのに、鼻先と上唇をまとめ上げるように、ちゅんとすする。そして、うす笑いを浮かべた。それまでの荒んだ人態《じんてい》が消えて、急に子どもっぽくなった。

子どもっぽいといっても、あどけないというのではない。いじけた未成年のもっている幼さなのである。

「女じゃねえように思えたんだ、お前が」

と、男は腹ばいになって、一つ顔をこすった。おきせはうなずいて、

「片輪《かたわ》らしいからおもしろかろうって」

「そうじゃねえ。なんてったらいいかな」

また鼻をすすって、うっすらとはにかむ。

次のことばについて自信がもてないことを前もってことわるような、正しく気のきいたいい回しができないことを恥じるような、それによって相手に迎合している物腰だった。

意識してはいないらしい。癖なのである。無論、具体的に知れはしないが、こうした卑屈な癖が身につくような過去が、男にあっただろうことは、おきせにも直感できた。ぐずなりに、ぼんやりなりに、五年の苦界《くがい》暮らしで養われた勘であろう。

「おれがそれまで知ってた女とは、まるっきり別の人間に見えたのさ。世の中にはこんな女も生きてるのかって、おれはきょとんとしたんだ」

「そんな、あたし、えらい女じゃ……」

「ええなんぞといってるんじゃねえったら。ただ、ひどく変わった感じがしたのよ」

「このぐずでぼんやりで、青びょうたんの女が……」

男にそれほどの印象を与えたとは不思議である。

あの晩——。

卯《う》の花腐《はなくた》しのなまあたたかい雨が、べしょべしょと降りつづいて、もう三日目だった。

「人足殺すにゃ刃物はいらぬ、雨の三日も降ればよい」

で、さすがに腎張《じんば》りのお台場人足も、ほとんどこない。

公認の遊里である新吉原とちがって、品川・板橋・内藤新宿・千住の四宿《ししゆく》は、飯盛り旅籠《はたご》の名目で営業し、抱え女は飯盛り女と唱えているが、いうまでもなく女郎で、一軒二人の制限も、品川は旅人も多く宿役《しゆくやく》も重いからと、一軒平均五人強までにゆるめられている。

もっとも、蓬莱屋《ほうらいや》のような小見世に六人は多すぎるから、公称の飯盛り女は三人とし、あとは下女で、連子窓《れんじ》に張り見世をするのは飯盛り女に限り、下女は陰見世で奥に控えるというたてまえなのだが、それでさえ万一の宿改《しゅく》めなどの際のいい抜けに過ぎない。下女が見世の掃除をするといったたてまえで、姿形も公称の飯盛り女の三人と変わりなく、やはり張り見世をしているのである。

その張り見世も、あまりの時化《しけ》にする気力が失せ、都合五人とも連子窓の中でばかっ花札《ぱな》を引き、ふだんなら督励をする遣《や》り手のおつわも若い者の太吉も、あきらめてそれに加わり、おきせだけが軒下の柱にもたれて、ぼんやりと雨足を見ていた晩だった。

向こう三軒も両隣りも、灯の色を濡れた道にむなしく放っている。どこかの座敷から聞こえてくる騒ぎ唄も、さあさ浮いた浮いたとやけに高っ調子なのが、かえって白々しい。

こんな晩に、傘もささずに通りかかる男を呼び止めない者は、宿場にはまずいないだろう。袖を引くのは、軒先に出ている妓夫《ぎゆう》の若い者の仕事だが、

「ちょいとちょいと、様子のいい男。濡れるんならあたしも濡れさせとくれ」

「そう前が突っぱらかっちゃ、歩きにくかろうに」

「素通りはないだろう。上がってお行きな」

「先を急ぐような顔をして。ほかに用があるはずはないじゃないか」

「この先は町並もないんだよ。うふん。知ってるくせに」

などと女郎も声をかける。

連子のあいだから煙管《きせる》の雁首《がんくび》を出して、男の袖にからませる。軒先に出ていれば、いきなり男の前をにぎってしまう。そのくらいのことをしなければ、送り茶屋も通さない小見世は、客がとれるものではない。

だが、おきせはうつろな目を、男に向けただけだった。どだい、こんなふうだから、売れないのである。

〈でも、いいんだ、それで〉

と、おきせは思っている。労咳《ろうがい》で、いつも微熱がある。その晩はことに億劫《おっくう》だった。

やたら縞《じま》の単衣《ひとえ》の尻をはしょり、瓶《かめ》のぞきの手ぬぐいをすっとこかぶりにした男が、麻裏草《ぞう》履《り》をびちゃびちゃさせて通り過ぎたが、ふと立ち止まってふり向き、怒ったように聞いた。

「お前……なにをしてるんだ」

「なにって……その……張り見世を……」

「張り見世を？　なら、どうして声をかけねえ。どうして腕をつかまねえんだよ」

「どうしてって……別にあの……」

「女郎のくせに、妙なあまだな」

「すみません」

と、おきせは頭を下げた。そんなつもりでもないのに、つい反射的にわびごとが口から出てしまう。

「あ、あやまることはねえけれど」

男はちょっとどもって、まじまじとおきせを見てから、

「じゃ、ま、上がるか」

と、手ぬぐいをとった。

太吉とおつわは花札をほうり出して男を請《しょう》じ入れたが、女郎たちは食われた顔で見送った。一番売れない陰気なおきせが、軒先でなにか二こと三こと話しただけで、客をくわえこんでしまったのが、いまいましいやらばかばかしいやらで、

「雨が降る道理だね」

「逆だよ。気ちがい雨が降りつづきゃあがるから、こんな珍《ちん》なことも起きるのさ」

いっせいに大声で伸びをした。


男は煮売り屋で飲んできた酒が、一時に発したのだろう、坐るか坐らないかのうちに、おきせを押し倒し、そのまま床入りとなった。

ほかに客はなかったから、廻しをとる必要もなく、本部屋での抱きっきりができたのだが、男はほとんど無言でおきせをむさぼると、泥のように眠りこけ、雨上がりの道を帰って行った。あぶれないで助かりはしたが、心にしみるような初会《しょかい》ではない。

しかし、ふたたび端午《たんご》の節句の前夜にきた男の、

「明日は物日《ものび》で金がかかるから、けちをしてな」

といういことばに、おきせはおやと思った。

品川の宿場は歩行新宿《かちしんしく》・北本宿・南本宿の三区域から成っている。

北本宿と南本宿とのあいだに目黒川が流れ、中の橋という橋がかかり、南本宿は橋向こうと呼ばれるが、これは蔑称である。総数約九十軒の飯盛り旅籠のうち、大見世は歩行新宿・北本宿に固まり、南本宿は小見世が多いからだった。

蓬萊屋はその橋向こうも宿はずれに近い小見世なので、大見世のように、送り茶屋を通さなければ上がれないこともないし、初会だ裏だなじみだという遊びの段どりも、やかましくはない。

万事が安直で、現に男は、初会でおきせの体を開いている。

しかし、節句や祝祭日のいわゆる物日に登楼すると、やはり揚げ代はかさむし、祝儀もはずまなければならない。それには自分は非力なので、物日を避けて前夜にきたのだという。すると、男はちゃんと裏を返すつもりできてくれたのだろうか。

確かめたかったが、遠慮した。

「ばか。たまたま上がったら、お前だったというだけのことよ。うぬぼれるんじゃねえ」

と、叱られるにきまっている。

その晩は廻し部屋だったし、男も夜中に帰って行った。別れぎわに名前を聞いたら、

「権兵衛、じゃねえ、権十さ」

背中で答えた。どうせ本名ではないだろうが、突っこんで聞く気もない。

こんな程度だったので、十日あまりたっての三度目の訪れは、

「へええ……」

と、朋輩《ほうばい》女郎たちは露骨に呆れてみせたが、おきせ自身でさえ、少なからず驚いたのである。

しかし、とにもかくにも、なじみになってくれたことはありがたく、おきせは礼をいい、ひとまず果てた男が彼女の上から降りたとき、初会の晩に気軽く上がってくれたわけを尋ねたのに対して答えたのが、

「なんてったらいいかな」

なのだった。

「変わってるじゃねえか。声もかけねえ、腕もつかまねえとはさ。どうしてなんだ。え？」

と、改めて、逆に男が聞いたものである。

「あたしみたいなつまらない女がお止めしちゃ、お前《ま》はん、御迷惑だろうと思ったんで……」

おきせは軽くうそをついた。

「ふうん……」

と、目の色が深くなって、しばらく男は黙った。やがて、かすれた声でいった。

「話してみねえか、身の上を」

「まさか……」

「いや、女郎の身の上ばなしをまともに聞くなんざ、痴呆《こけ》の骨頂だぐれえ、おれだって知ってるさ。だが、お前のだけは別な気がするんだ」

腹ばいになった男に、煙草を吸いつけてやりながら、おきせは今ついたうそが、うそでなかったように思えてきた。すると、男の目の深い色に、自分の胸もじわじわと染まりはじめるのを、覚えるのだった。


おきせは牛込の石工《いしく》の娘である。

陰気な性分と青ざめた肌色とを、父親から受けついだ。父親は酒も飲まず、女にも勝負ごとにも興味がないようで、黙々と背中を丸め、縦割れしていびつな爪のついた、はれたように肉厚な指で、石を刻みつづけた。合の手にごほごほと、力のない咳をする。

「全くなにがおもしろいんだか」

と、母親はいつもののしっていた。

「木仏金仏石仏《きぶつかなぶついしぼとけ》っていうけど、手前まで石みたいにしてなくったってよさそうなもんだ」

赤ら顔の母親は派手な気性で、

「石屋なんぞにくるんじゃなかったよ。とんだ音《おん》ちがいだったねえ」

と、こぼすのもしきりだった。石屋へではなく、医者へとつげば楽ができて、陽気に暮らせただろうというのである。

そのついでとでもいうように、

「お前はつまらない女だ」

ぐずでぼんやりでとくり返す。陰気で不器量だから、芸者にしてかせがせることもできないのが、腹立たしいのだろう。

おきせは自分をつまらない女だと思いこみ、人を不愉快にさせるのではないかと、おびえながら育った。自分が悪くもないのにすぐあやまるのが、習いになった。

父親の留守に、石塔を催促にきた坊主が、母親を抱いているのを、おきせは目撃した。母親ははじめてではなく、寺へ行っては抱かれているらしく、なれた声を上げて、太った体を波打たせていた。

おきせは黙っていたが、父親はやがてそれと察して、やけ酒をあおり出し、石材を運ぶ腰をふらつかせて、指をつめる大けがをしてしまった。

「踏んだり蹴ったりだねえ」

と、母親はさんざんこぼした末、娘を女衒《ぜげん》に渡して、内藤新宿の飯盛り旅籠に三年の年期、十五両の身の代金で売った。

おきせは女衒に新鉢《あらばち》を割られ、遣り手に床あしらいをしこまれたが、なかなか売れず、よく暗い台所で布海苔《ふのり》を煮させられていた。

布海苔は女郎が客をごまかすときの代用の粘液である。腐りやすくて悪臭を放つから、一度にそう大量には作り溜めができず、いつもまめに煮ていなければならない。

煮ているおきせを、姉女郎たちが見かけると、

「いやだねえ。この子が作ったのを使うと、なんだか客衆の得手《えて》ものが萎《な》えるような気がするよ」

不景気だと、眉をひそめたりした。

内藤新宿は世田谷・北沢あたりの百姓や、多摩川べりの漁師や、堀の内のお祖師さままいりなどの客が多く、馬子唄《まごうた》が通り乾いた馬糞が風に舞う野暮さ加減ながら、活気はある。

おきせもだんだんなれて、はやらないなりに、どうにかこうにかかせげるようになったが、月に一度は欠かさず母親がやってきて、せびりとって行った。

なみの女なら、実の娘に苦界づとめをさせるつらさに、近くには売りたくないだろうものを、せびりに行くのに便利だと、近いのを喜ぶ女である。

身の代金の十五両は、坊主に貢いでしまったのかもしれない。医者にもろくろくかけなかったのだろう、父親は労咳で死に、石工のくせに石塔もなしで、その坊主の寺に葬られた。

着物だ帯だ頭のものだ化粧道具だと、やたらに金を使わされる上に、移り替え（更衣）のつき合いのと借金をさせられて、それを返しきるまで一年余計にかかった。

やっと自前かせぎの身にはなったが、もう母親にたかられるのはまっぴらである。それに、

一年の増し奉公の無理がたたってか、寝汗をかくようになっていた。父親の労咳が移っていたのだろう。

折りからのお台場景気を聞き、海辺なら体にいいかもしれないと、品川に鞍替えしてきて半年たつ。

さすがに東海道の玄関口で、親藩《しんぱん》三家の通行しかない甲州街道の内藤新宿とはこと変わり、諸大名の往来しげく、大いに盛《さか》っている。

しかし、おきせのかせぎの悪さは、なおひどくなった。

「品川女郎衆は十匁《もんめ》」

の俗謡のとおり、上玉は銀十匁、つまり六分の一両、銭《ぜに》でほぼ一貫（一千文）もとるが、おきせのような小見世の下直《げちょく》女郎は四百文で、しかもその七割を楼主にはねられるから、客一人分の手どりなど、ちょっと腕のいい按摩に上下《かみしも》をもませれば消えてしまう。

「それでもいいと思ってるんです」

と、おきせは起きなおって、乱れ髪をかき上げた。

「ただ食べて行けさえすれば。それに、あの母親にまといつかれないだけでも、どんなに気楽かわかりませんからね」

どうせ長い命でもないしというのは、腹の中へ飲み降ろして、下手な身の上ばなしを結ぶと、

「苦労したんだな、お前も……」

男も起きなおってしんみりといった。

女郎をほろりとさせてもてようとする客が、よく使うきまり文句と同じだが、権十のいい方には、どこか親身《しんみ》な響きがある。

「なじみになっておくんなすったんだから、うちの権さんと呼ばせてもらってようござんすかえ？」

と、おきせは膝にしなだれかかった。われにもなく色っぽいしぐさが、自然にできるのである。

男は吹き出して、

「いや、勘忍してくんな。権十とは実は世を忍ぶ仮の名さ」

「そうとは思ってましたけど」

「おれは今お台場人足になっているんだ。ほら、『品川のお台場の土かつぎ、先で飯《めし》ョ食って二百と五十《ごんじゅう》』というだろ」

「ああ、それで権十……」

去年の六月、ペリーの黒船に浦賀へやってこられて、幕府は腰を抜かさんばかりに仰天したが、それ、江戸湾防備だと泥縄をない出したのが砲台の構築設営で、品川沖と海岸線に十二基の台場を作ることになり、御殿山や高輪泉岳寺境内の土を削るわ、関東一円から材木を集めるわ、伊豆から石を切り出すわの突貫工事がはじまり、三田・高輪・品川界隈は、にわか景気に沸き立った。

　土かつぎ人足の日当が、飯つきで二百五十文である。決していい賃銀とはいえないが、手に職のない者でもできるし、無宿者も知らん顔でやとうから、

「その日の越しかねるやつらには御《おん》の字でな、『死ぬよりかうれしいぞ。こいつァまたありがてえ』といわあ」

「その唄は聞いてます。でも……」

「でも、なんだ？」

「いいえ、あの……」

　おきせの揚げ代だけでも、二日分はいる。酒肴の三百文、祝儀の百五十文も含めて、ちょっと八百五十文の遊び金とすると、煮売り屋で入れてくる下地の代も加えて、四日分はかけなければならない。

「すみません、そんな中から使わしちまって」

　と、おきせが頭を下げると、

「そのことか」

　笑って、

「とんでもねえ。張り合いができて、ありがてえくれえだ」

と、男はおきせの肩を抱き寄せた。

「でも……あたしみたいなつまらない女のために……無理をなさるのかと思うと……」

「おい」

男はおきせの肩を乱暴にゆすって、

「なぜそうお前は、番度《ばんたび》へりくだってばかりいるんだよ。気に入らねえな」

「ごめんなさい」

と、おきせは小さくなって答えた。

「子どものときの遊びに、『お前極楽』という考えものがあったでしょ?」

「『お前極楽』? 牛込と本郷とじゃ、そう離れてもいねえが、覚えがねえぜ。子どもの遊びでも、結構ちがうもんだ」

「あら、お前はんは本郷の育ちですか」

「そんなことはどうでもいい。なんだ、その考えものってのは」

「『お前極楽へおいで、あたしゃ地獄へ行くもの、なあに』というんです。『お前極楽、わしゃ地獄』って、おわかりですかえ?」

「お前極楽、わしゃ地獄……。わからねえ。そば食った」

「まあ。降参を『そば食った』というのは、本郷も牛込も同じなんですね」

と、おきせは笑顔を見せた。

「なんなんだよ、一体」

「すみません。車井戸」

「車井戸……のつるべか……。なるほど……片っぽが上がって行きゃ、片っぽが下がっちまう……」

「あたし、近所の子の守りをしながら、しょっちゅう一人で遊んでました。車井戸のそばでね。で、その考えものが頭にこびりついちまったんです」

「それと、おふくろの口癖の『お前はつまらない女だ』というのがか？」

「ええ。あたしみたいなぐずのぼんやりは、どうせ地獄へ落ちてく方のつるべなんだ、人を押しのけて極楽へ上がろうなんてとんでもない、いい思いは人にゆずらなくちゃいけないんだって、そんなふうに……」

「ばかだよ」

「すみません」

「また」

と、男は怒りかけたが、声音を柔らげていった。

「おれが怒ることはねえや。お前の昔をどう変えてやることもできねえんだからな。今のおれにできることといったら」

襟足を唇でくすぐられて、おきせは倒れた。

二度目はかなり長くかかったが、終わってしばらく男が黙っているので、

「ごめんなさい、よくなくって」

と、おきせはいってから、またあやまって叱られるかと思い、あわてていいそえた。

「すみません」

「なんだって？」

男はひどく驚いた顔をして、

「それまで……お前は……すまながるのか」

と、おきせの目をのぞきこんだ。

「ええ。あたし、土手低《びく》だし、男の人はさぞよくないだろうと思うんです」

男は悲鳴のように唸った。

「お前という女は……」

その自分の嘆声にそそられたのだろう、むしゃぶりついてきた。

いとしさのあまり狂暴になり、狂暴になればなるほどなおいとしさが募るといった、生まれてはじめての愛撫だった。おきせの亀の尾からぼんのくぼへ戦慄が走った。背骨が音を立てるように震える。

「あれをいってみてくれ。『お前極楽』ってのを」

と、男は息をはずませながらいう。

「聞きてえんだ。いってみろ。いえ。やい、いえったら」

おきせは目をきつく閉じたまま、

「お前極楽……」

と、つぶやいた。

「もっと」

「お前極楽」

「もっともっと」

「お前極楽」

「もっとだ。もっと何度も何度も」

「お前、極楽。お前……極楽……」

と、おきせは泣き出した。閉じた瞼の裏に、玉虫色の渦がぐるぐる巻く。

青びょうたんと自分でも認めている、艶のない陰鬱な肌に、なんと赤味がさしてきて、ぬるぬるとうるおいさえ出はじめたのを感じながら、その肌の上にしたたり落ちる熱いしずくが、男の汗だけではないことを知って、おきせは極楽へ駆け昇った。


お台場人足と聞き、身なりもあまりよくはないので、悪足《わるあし》にならなければいいがと、遣り手などには、懸念がないでもなかったようだが、ともかくなじみ客がついたのは事実であり、おかげでおきせの見世における居心地は、ややよくなった。

体は相変わらず熱があってだるいが、そのだるい底からふつふつと、小粒ながら生気のあぶくが、噴き出てくるようである。

昼間、裏庭から海辺へ出て、柵矢来《さくやらい》にもたれ、鼻の穴をふくらます。品川へ移って半年、体にききそうもないどころか、胸苦しくてたまらなかった潮の香も、さわやかにかぐことができた。

夏の陽ざしにぎらつく江戸前の海が広がった先に、助六のせりふではないが、それこそ安房《あわ》・上総《かずさ》が浮き絵のように見える。

この世にはじめて生まれてきたようなまぶしさに、おきせは目を細めながら、沖合いに並ぶ平たい島のような台場を、

「ど、ち、ら、に、し、よ、う、か、な」

と、くり返しくり返し指した。

石垣の裾を白い波が洗っている。濃い陽炎《かげろう》で、人影まではわからないが、

「どちらにしようかな。天神さまのいうとおり」

あのお台場のどれかにあの人がいるのだと思うと、片刻《かたとき》も待てないほど会いたくなり、しかし、揚げ代のために無理をして体をこわしてはいけないと思うと、いっそ忘れてくれた方が助かるような気がして、おきせは足もとの砂地をそわそわと踏み替えた。

そこへ、若い者の太吉がきて、

「権十さんとかに、文《ふみ》はやりなすったろうね？」

「どんな」

「どんなって、天王《てんのう》さんのお祭りが近づいてるじゃねえか」

中の橋ぎわの横丁にある牛頭《ごず》天王社の祭礼は、六月七日から十三日間もつづき、高輪・品川・鮫洲《さめず》の町々から山車《だし》が出てにぎわう。品川の宿場にとっては、年間一二を争う掻き入れだから、女郎は玉帳《ぎょくちょう》を繰《く》っては、なじみ客に誘いをかける。

「そりゃ知ってるけど」

「知ってるんなら急ぎなせえな」

「文を出そうにも住まいがわからないの」

「え？　玉帳にもつけてねえんですかえ？　どこまで欲がねえんだろう。呆れたね、どうも」

「ごめんなさい」

砂を蹴立てて立ち去る太吉を見送って、おきせはちらと舌を出し、くすくすと忍び笑いをした。

なじみ客がついたためしのないおきせは、玉帳などろくにつけていない。今度権十という男ができはしたが、住まいを問いたださないのは、例の遠慮がちな気性からでもあるが、もう一つ、たのしい期待が芽生えてきているからでもあったのである。

〈誘いなんぞかけなくっても、きっときてくれるさ。ばかにしなさんな〉

むしろ、賭けたくさえ思った。そして、そんなはずんだ心ざまになっている自分を、おきせは手妻《てづま》でも見るように見つめるのだった。


七日の満ち潮どき、氏子の漁師たちが、神輿を海中へかつぎ入れてもむ、神輿洗いの行事を、おきせは連れもなく見物したが、だから、さびしいとも肩身が狭いとも感じなかった。

しかし、二日目三日目とたつと、遣り手のおつわには、釣り落とした釣り落としたとののしられ、朋輩女郎たちには、案の定さと冷笑を浴びせられて、またもとの陰気なおどおどした顔にもどりかけた。

亭主夫婦にも呼びつけられて、不心得をさとされた六日目の宵、すっかり日焼けの深まった顔の男が、白さの目立つ歯を見せて、

「いや、すまねえすまねえ。祭りらしく景気のいい遊びをしてえと思って、もう少しもう少しとかせいでたら、つい遅くなっちまったよ」

と、現われたときは、いきなり強火にあぶられたように体がかっとほてって、梯子段の下で首っ玉にしがみついてしまった。

「彦作と呼んでもらおう」

本名を名のって、

「いきな名前じゃねえが、権十よりはましだからな」

土かつぎの力仕事にはやや痛々しいような小男ながら、たくましさがまして、口ぶりもはきはきと快い。

おきせの方から引き倒してひと汗かいたのち、こしらえておいた揃いの祭り浴衣を彦作にも着せて、牛頭天王社へ参詣に出かけた。

賽銭箱の前で肩をぶつけた地廻りの男が、目を丸くして聞いた。

「お前……蓬莱屋の？」

「しばらく」

「ほんとに？　あのおきせさん？　あの？」

「お祭りの中へ幽霊で出やしませんよ。いくらあたしが陰気な女郎だからって」

「いや、そんなんじゃねえんだが……見ちがえたぜ……」

「どう見ちがえたっていうのさ」

「どうって……あ、なァる。妙薬女悦丸《にょえつがん》の効能てきめんとございか。ただし、ほどほどに用《もち》うべしってな」

彦作にあごをしゃくって去る。

「いけ好かないね。お前はんのことを妙薬女悦丸だなんて」

けらけらとおきせは高笑いした。彦作と並んで大きく柏手を打ち、神妙に目を閉じた。聞き届けてくれると信じて神さまを拝んだのも、生まれてはじめてのような気がする。

社殿の背後の切り株に腰をかけ、団扇《うちわ》で蚊を払いながら、二人はしばらく祭り囃子に聞き入っていた。やがて、

「そうなんだよ」

と、男がいった。

「え？」

「なんてったらいいかな」

口癖が出たが、鼻のすすり方にいじけたかげりが消えていて、すこやかにあどけない。

「つかせりゃつくのさ」

「なんのこと？」

「たとえば、お前もばかっ花札《ばな》ぐれえひくにちげえねえからわかるだろうが、花札《ふだ》のつきだ」

「花札《ふだ》のつきがどうしたの？」

「おれは長えあいだ、人間の生涯は花札のようなもんで、はじめっからきまっちまってるんだと思ってたね」

彦作は団扇をひらひらさせながらつづけた。

花札の勝負は、場ふりと親めくりできまるも同然なものではないのか。悪い手がきたら、どうあがいてもまず大してよくなりっこない。

場の読み方や札の捨て方と、腕を磨いたところでたかが知れているし、なめ抜きだの差し札だの蒔《ま》きつけだのつなぎだのと、いかさまの術があっても、本筋の賭場では通じないのである。

「所詮は手次第なんだが、これがあくまで運否天賦《うんぷてんぷ》で、どうも人間によっていい手のくるやつと悪い手のくるやつとが、あるような気がしてさ」

「あたしもそう思う。つきというものはあるんですね」

「つかねえやつはいつの勝負のときでもつかねえ。降りようとすりゃ降り賃をとられる。どこまでも間尺《ましやく》に合わねえようにできてるんじゃねえか」

「そのとおりなの、あたし」

「ところがだ」

と、彦作は団扇を膝に打ちつけた。

「なじみになったお前を励ましてから、おれは考えが変わってきたよ」

「どういうふうに？」

「賭場でよく見てると、つきのいいやつは必ず強気の人間なんだ。おれはついてるんだと思いこんでる。この思いこみ方の強いやつに、きっとつきが回ってくるんだな。してみると、勝負の運否天賦も強気次第なんじゃねえか。そう考えるようになってきたのさ」

「だから、人間の生涯もつかせりゃつくというわけ？」

返事の代わりに、彦作は力強く立ち上がって、おきせを引き立てた。

「おれも身の上ばなしができそうな気になってきた。こんなに節くれ立った指になっちまったが、これでも指物師《さしものし》だったんだぜ」

「まあ。根っからの人足じゃあるまいとは思ってたけど、指物師だったの」

と、おきせは彦作の指をなでた。

つないだ手を軽く振りながら境内を出ようとしたとき、雑踏の中になにを認めたのか、彦作の顔がこわばった。

部屋の寝床に横になっても、黙りこくったままである。

「ねえ、彦さん。あたし、さっき、天王さんになにをお祈りしたか、わかる?」

と、煙草を吸いつけても、

「大それたこと。いっちまおうかな?　どうぞ彦さんと添えますようにって」

と、笑ってみせても、

「身の上ばなしっていってましたね。聞かせておくんなさいな」

と、肩先で押しこくっても、初会の晩にもどったような暗い目で、ただ行燈《あんどん》を見ているだけだった。

だが、土用入りの晩にやってきた彦作は、この前にもまして威勢がよかった。

仕立ておろしの藍微塵《あいみじん》の単衣に白木綿《しろきも》の三尺《さんじゃく》帯という、遊び人のこしらえで、のめりの下駄をはき、回り燈籠などを下げたところは、どうして宮地《みやち》芝居の二枚目ぐらいには見える。朋輩女郎から遣り手・若い者にまで、うなぎ飯をふるまったから、

「権十郎旦那」

と、呼び方も変わった。なるほど、郎の一字がついただけで、響きがぐっとちがう。

「餅は餅屋だぜ」

彦作は笑って、本部屋の窓に回り燈籠を吊るした。回り燈籠は虫拳《むしけん》の趣向になっていて、なめくじと蛙と蛇がぐるぐるぐるぐる追いかける。

蚊帳《かや》の中からそれを見上げながら、彦作は問わず語りに話した。

「こうしてると、子どものころのなつかしい思い出がよみがえってくるよ――といいてえところだが、なに、おれもお前同様に、なつかしい思い出なんざ、一つもありゃしねえのさ」

腕のよくない指物師の伜《せがれ》に生まれた。父親は親方の家に近い裏長屋に住んで、はんぱ仕事を回してもらっては、細々と女房子どもを養っていたから、親方に頭が上がらない。

彦作は親方の坊ちゃんの遊び相手をさせられて育った。坊ちゃんは横暴で、彦作の頭の上で独楽《こま》を回したり、ちんぽこに唐辛子を塗りこんだりした。彦作がたまりかねて、泣きながら訴えても、

「長えものには巻かれろだ。おまんまの種だと思え」

と、父親はとり上げてくれない。

坊ちゃんはいつでも、絶対の優位に立たなければ気に入らず、勝負ごとの規則《きめ》なども、どんどん引っくり返す。そうしては、いちいちことばとがめをして、

「ちがわい。ばか。そうじゃねえ」

と、なぐったり蹴ったりする。

〈この人の『なんてったらいいかな』と鼻をすする癖は、これでついたのか……〉

おきせは合点したが、当人はそれには気づいていないらしく、回り燈籠を見つづけながら話しを進めた。

父親も母親も死に、親方の仲人で嫁をもらったが、腕が悪いものだからかせぎは上がらず、裏店《うらだな》住まいを抜け出ることができない。

女房は親方の家を里のようにして、しょっちゅう男の子をかかえてはこぼしに行っていた。ほどほどにしろというと、

「外聞を気にする柄かえ。やめさせたいんなら、帯の一本でも買ったらどうだ」

逆ねじを食わされる。帰ってくると、

「若もいたずらの過ぎるお人だよ。おかみさんがありながら、あたしをくどきなさるの」

と、げたげた笑って、

「困っちまうけど、主《しゅう》と病いには勝てないしねえ」

鏡をのぞいたりしていたが、そのうちに坊ちゃんとできたらしい。

近所の金棒《かなぼう》引きにいわせると、彦作にとつぐ前から実はできていたのだというし、そうすると、男の子もどうだかわかったものではないのだが、それはとりあえずおくとしても、おけないことには、女房が男の子をつれて逃げてしまったのである。

坊ちゃんがどこかに囲ったに相違ないとにらんで、彦作が親方に泣きつくと、親方はとぼけ通した末に、腹を立てて破門した。

仕事を回してもらえないので食えない。みっともなくて裏長屋にもいられなくなり、飛び出してぐれて、巷をほっつき歩いていたが、お台場作りを知って人足になった。

居職《いじよく》の職人の世界のこと、きっと親方からふれが回っているにちがいなく、もう指物師にはもどれないし、先に望みもない体だから、

「早くくたばっちまおうとこき使ったが、こんなかす札《ふだ》でも、いざとなると捨てるにゃ惜しい。『先で飯ォ食って二百と五十、死ぬよりかうれしいぞ。こいつァまたありがてえ』という了見になるから、たわいはねえや」

いい回しこそ自嘲めいているが、声音に自信がみちていて、

〈ほんとうに強気がつきを呼ぶんだ……〉

と、おきせは頼もしく、鼻を鳴らしながら男の下腹に手を伸ばした。

彦作の権十郎旦那は、金使いがよくなったので、蓬莱屋での株が上がって行く。

お台場で小頭ぐらいには出世したのだろうし、賭場でもつきについているのだろうと、見世の者は勝手にいい方へ推量している。ありようはどうでもかまわない。たとえ不浄な金でも、落としてくれれば、福の神なのである。

扱いをよくされて、おきせは張り切った。旅人はもとより、増上寺の坊主も三田の薩摩屋敷の侍も、選り好みなくくわえこむ。地廻りならずとも見ちがえるような活気で、せっせとかせぐ。

お台場の上の空が高くなり、沖合いから打ち寄せる波頭が白くなって、海に秋がきたが、おきせには春がきた。売れるから板順は上がって励みがますし、艶がよくなるからさらに売れる。

彦作は薬も買ってきてくれる。

「労咳にはてきめんだそうだ。サイコケイシカンキョウトウだとさ」

しちむずかしい薬方名まで、覚えてくれる情がうれしく、

「ありがと、彦さん」

と、おきせは押しいただいたが、

「でも、あたしの合い薬はこれなの。てきめん、女悦丸」

彦作におおいかぶさる。

彼岸入りのころには、彦作と世帯をもつことも、夢ではないような勢いになっていた。

その中日《ちゅうにち》――。

彦作が窓から飛びこんできたのは暁方である。寝床には薩摩の勤番侍が泥酔していた。屋敷者は外泊してはいけないのだが、この時勢ではそんな法度《はっと》で、精力旺盛な若侍を規制できはしない。

「追われているんだ」

と、押し殺した声でいう彦作は、瓶のぞきの手ぬぐいで盗っ人かぶりをしている。

路地を走り回る人の叫び声や呼子笛の音が聞こえるものものしさに、おきせは歯の根も合わず、彦作を押し入れに隠した。勤番侍が目をさまして、

「こら、おいどんな、まだ足《た》いもはんど」

のしかかった。彦作のすぐ前であることがつらくて、おきせは泣いたが、勤番侍は、

「太かよがり泣きじゃ」

と、満悦で間もなく眠りこけた。

押し入れから出た彦作は、血走った目をそらし、無言で屋根伝いに逃げて行った。

翌晩、権十郎旦那の彦さんで上がってくると、牛頭天王の祭り以来盗みをしているのだと語ったのである。

逃げた女房と親方の息子が祭り見物にきているむつまじい姿を、境内で見てしまった彼は、おきせを抱きもせず、仕返しを考え明かしたが、女房が囲われている妾宅《しょうたく》を捜し当てて、大金を盗んだ。

殺しよりも盗みを働く方が、人の女房を盗んだ男への仕返しになる、と思ったのだという。

「考えてみりゃ、世の中のやつら、大てい盗っ人なんだ。ただ、盗み方にちがいがあるだけでな。金でも物でも心でも体でも、回りっくどく盗むこすいやつが、金もちとも偉方ともあがめられる。手っとり早く盗む正直なやつが、盗っ人呼ばわりされるのさ。そうだろ？　え？」

祭り以後のたくましさと、祭り以前の暗さとが重なった圧力に、おきせはちぢみ上がった。

腕は脆弱《やわ》でも指物師崩れだから、ずぶの素人より下地があったといえるのだろう、それから方々に忍びこんでみると、おもしろいように盗める。

「これも強気がつきを呼ぶの伝だな。もう土かつぎなんぞおかしくって、やっちゃいられねえ。昨夜はちょいとばかり図に乗り過ぎて、どじを踏んだが」

蓬莱屋とは目と鼻の先の問屋場《といやば》をねらい、宿役人《しゆくやくにん》に追われたのだという。

「なに、つきは落ちやしねえ。二人して強気にぶってぶってぶち通しゃ、春には世帯はおろか見世の一軒ももてること受け合いだぜ」

彦作はふてぶてしく笑った。押し入れの中から見聞した一件には少しもふれない。それがおきせには余計おぞましく、ぶるぶる震えた。

その後、彦作は前よりも足しげく通ってきた。後暗さなどは指の先ほども感じていないふうで、豪儀に総花《そうばな》を切って遊ぶ。

おきせはそんな彦作を恐ろしがったが、逃げたいという気にはなれない。恐れで逆に燃えて、どろどろに溶けるほど抱かれる。かせぎの上でも、ついに蓬萊屋の板頭《いたがしら》を張るに至った。

彦作は居つづけをすることもふえた。菊日和の昼下がり、本部屋に細工道具までもちこんで、遊び半分に行燈をこしらえている姿などは、いっぱしの親方である。

今では蓬萊屋の一同も、彼が指物師であることを知って、

「権十郎親方」

と、もち上げている。

おきせ一人、心配でたまらないのだが、どうすればいいのかわからない。

みんなの手前はせいぜい陽気にふるまうものの、ときどき上の空になりかけて、

「ちょいと、まあどうだろう、この人のとぼとぼしてることったら。御馳走さまっ」

と、ひやかされる。

彦作と二人《さし》になったとき、

「ねえ……。折り入ってお話ししたいんだけど……」

おずおずと切り出しても、

「おっと合点だ。それ、女悦丸」

と、はぐらかされてしまう。

彦作はもう、

「なんてったらいいかな」

などというしおらしい挿みことばは使わない。こうだ、ああだと、一息にいい切る。

おきせはそんな彦作を、まるで知らない男を眺めるような感じで見ていることが多くなった。

ぎらぎらと照り返す海に向かって立ち、胸一杯に潮の香を吸った、ついこのあいだの夏の日が、車井戸のそばで子守りをしていた陰気な娘時分よりも、ずうっと遠い昔のように思える。

池上本門寺のお会式《えしき》でにぎわい、鮫洲海晏《かいあん》寺の紅葉狩りで盛った品川の宿場は、突然超特大の顧客を失うという打撃をこうむった。安政元年十一月の台場工事中止の沙汰がこれである。ペリー艦隊が再来して、三月に日米和親条約が結ばれたために、攘夷《じょうい》の砲台は無用の長物と化したというのだった。

「死ぬよりましだった二百と五十の人足ども、とうとうくたばりゃあがるだろ」

彦作は得意そうに笑った。

「どうでえ、おれの読みのよさ」

人足から泥棒に切り替えたことを自慢する、こんな男にしてしまったのは自分なのだと、うなだれたおきせは、しかし、思いなおして、強くかぶりを振った。

〈あたしのせいじゃない。盗みをそそのかしたのはあの人たちなんだ〉

おきせはこれまた生まれてはじめての、激しい憎しみを覚えた。

金以外は盗まないので、足はつかないが、その金を運んできては、数えてためこむようにな

っている彦作に、

「別れたおかみさんと親方の坊ちゃんを殺しておくんなさい」

両手をついて頼むと、

「藪から棒に、つまらねえことをいい出すんじゃねえ」

と、彦作は笑って、またはぐらかしにかかったが、

「恨みもない人たちから金をとるくらいなら、恨みのある人たちから命をとった方が、仕返しとしちゃ筋が通ると思うの」

いつになく執拗に食い下がると、生傷のかさぶたを爪で剝がされたように目を怒らせ、

「このあまっ、踏んばり女郎の分際でっ」

髪をつかんで部屋中を引きずり回した。

「ああ、どうせ踏んばり女郎さっ。でも、盗っ人野郎よりはましさっ」

と、おきせは叫んだ。叫びながら、どうしてこんなになってしまうのだろう、やはりぐずでぼんやりのやつには、悪い手の札しかこないのかと考えていた。

八日のちの朝――。

おきせは叩き起こされた。昨夜、彦作が人を殺してつかまったのだという。彦作のこしらえた行燈を夢中でかかえたまま、宿役所に走って行くと、髪はざんばら、着物はびりびりの彦作がつながれていて、

「やっちまったい」

と、顔をしかめた。

「ただし、お門《かど》ちがいの仕返しをな」

相手は彼岸の中日の勤番侍である。

昨夜、煮売り屋で飲んでいたら、へべれけに酔った侍が入ってきて、爺いを相手に大声で、女郎買いの自慢をはじめた。

それが蓬莱屋のおきせのことで、青びょうたんをこすっていると赤くなって音《ね》を上げたと、床《とこ》の首尾をしかたばなしでこまごまとくり返しては、

「あぎゃんよがり泣きば、国への土産にしたか」

と、のけぞって笑う。

女郎は売りもの買いものと割り切って、聞き流していたが、あまりのくどさについむらむらと、我慢がならなくなった。

「あの場に居合わせられただけにさ」

彦作は自分がいる押し入れの前でおきせが抱かれた夜のくやしさをいってから、

「おれもばかよ。『間夫《まぶ》の前でいい加減にしろい、芋侍め』とどなったもんだ」

それからどうなったのか、まるで覚えがないが、気がついたら、相手の刀をつかんでいて、相手が足もとにころがっていたのだという。

おきせはただうなずくばかりだった。

〈この人、自分のおかみさんがほかの男に抱かれたことよりも、あたしがほかの男に抱かれたことをやいて……〉

そう思ったら、どっと涙があふれた。

死骸は昨夜のうちに薩摩屋敷へ引きとられたが、東海道の親宿《おやじゅく》の真ん中で、人一人、しかも武士を殺したのだから、軽罪ですむはずはない。品川は江戸府外なので、道中奉行を兼ねた勘定奉行の裁きにより、命をとられるにきまっている。

引きたてられた彦作は、行燈をかかえたおきせに、

「後朝《きぬぎぬ》の別れの姿になってるとこが泣かせるぜ」

「そう……」

と、おきせはようやく声が出た。

「『死ぬよりかうれしいぞ。こいつァまたありがてえ』とお台場人足で唄ってたが、もっと下になっちまったよ」

「そう……」

「なんてったらいいかな」

鼻先と上唇をまとめ上げるように、ちゅんとすすってから、いじけた子どもっぽいうすら笑いを浮かべて、

「どこまでも間尺に合わねえようにできてる人間てのは、やっぱりあるらしいや」

「そう……」

「おいおい。『そう』ばかりじゃ情がねえぜ。もうちっと色をつけてくんな」

生あたたかい卯の花腐しの雨ではなくて、冷え冷えとした時雨にもう濡れはじめた男に、おきせは駆け寄って叫んだものである。

「お前極楽、わしゃ地獄」

「ほう。こいつァまたありがてえ」

と、男はおどけて頭を下げ、縄尻を強く引かれて痛がった。

「お前極楽っ、わしゃ地獄っ」

「井戸のつるべの泣き別れとございい」

「すみません……。ごめんね……」

おきせは男のこしらえた行燈をかかえたまま、時雨の道に坐りこんで、

「あたしのようなぐずでぼんやりの青びょうたんのために」

と、あやまっていた。

ふるさとまとめて

「ほんとのことをいおうか」

と、切り出すときのおさよの目は、強い碁打ちが自信をもってぴしりと打ちすえる、那智黒《なちぐろ》の碁石のような確かさにみちている。

茨垣《ばらがき》の宿場女郎のくせに、誇り高い武家女が身の上を自慢するような調子になるのは妙だが、実は前からの間夫《まぶ》がいるのでもうこないでもらいたいなどと、いやな引導を渡されそうな不安に、常平はついびくついて、

「ほ、ほんとのこととは？」

「いつか話したっけ。話したね？」

「な、なにをさ」

「あたしがはじめて男におもちゃにされたのは、紀州のお宮の裏山でだったというの、あれにはちょっとうそがあってね」

「どうだっていいよ、そんなこと」

「よかあない。ここは肝心なとこだし、あたしゃこのごろ、お前さんに向かってうそのあるこ

とが、心苦しくってたまらなくなってきたんだ」

と、おさよは常平に一つ酌をしてから、その手をふところへ差しこむと、自分の乳房をにぎりしめた。

すまなさに、思わず胸をかきむしる態《てい》と、見れば見える。

声音はうるんでいるが、そのうるみにわれから感動しているような、まあお聞きったら、あたしの懺悔はおもしろいにきまってるんだといわんばかりの、いっそ晴れ晴れとした顔つきで、

「あたしの正体を洗いざらい知ってもらいたくなったのさ。よっぽど深ぼれしたんだねえ」

「う、うまくいうぜ」

「でも、それで愛想をつかされたらどうしようかとも思うんだけど」

語尾をふるわせたりするものだから、

「愛想をつかしたりなんぞするもんか」

と常平が及び腰で杯をさし、酌をしてやれば、

「ま、そのときはそのときのこと、さんざ罪を作ってきたむくいだとあきらめて、自害でもするとしてだ、やっぱり話しちまおう」

ひと飲みにほして、ほっと息をつくなどは、下座《げざ》の合方《あいかた》が三下《さんさ》がりで、

「チチチチチン」

と入り、大向こうから掛け声が、

「待ってました」

とかかりそうな、芝居じみた風情である。

常平がはじめておさよと口をきいたのは、板橋宿《じゆく》の豊島屋の格子先ではなく、巣鴨の庚申塚《こうしんづか》の境内だった。

梅茶屋の横の日だまりで居眠りをしていると、笑い声が頭上から落ちてきて、

「絵馬屋さん、一枚お願いします」

女が前に立った。

宿場女郎とのなれそめのお定まりとは逆で、女の方が客だったのである。

絵馬屋といっても常平は、店をもたないかつぎあきないの小絵馬売りで、駒込動坂《どうざか》下の裏長屋住まいから、神社・寺院・祠《ほこら》・堂・霊木などを回っては、掛け茶屋の軒下とか近くとかに、荷をおろさせてもらう。

権現《ごんげん》なら烏、八幡なら鳩、山王《さんのう》や庚申なら猿、稲荷なら狐、天王《てんのう》や天神なら牛、薬師なら薬壺、不動なら火焔、鬼子母神《きしもじん》ならざくろ、地蔵なら錫杖《しやくじよう》、弁天なら琵琶というふうに、きまった図柄のものは、あらかじめ描《か》きためたでき合いを売ればいい。

しかし、心願の筋による図柄の注文もあるので、白木の絵馬ももってきている。

形は屋根のついた廏《うまや》形と、縦長・横長・真四角の角形、寸法は四寸五寸・三寸四寸・二寸三

寸とあるが、女は四寸五寸の廏形を指して、

「これに」

「へえへえ、なにを描きましょう」

「道陸神《どうろくじん》さまを」

この庚申塚は、天孫降臨神話の猿田彦《さるだひこ》を道祖神とする信仰にもとづくもので、中山道の道中安全を祈る旅人も多い。

天八衢《あめのやちまた》に立ちふさがる猿田彦を、天鈿女《あめのうずめ》がにこやかに説得しているところや、説得された猿田彦が、天鈿女に道筋を案内しているところなどは、何種類もでき合いがあるので、とり立てて道祖神をと注文するまでもなかろうにと、けげんに見上げた常平に、女はつやつやした赤らて顔を愛嬌よく笑み崩しながら、

「笑い絵にしてもらいたいの」

と、注文しはじめた。

天鈿女が裾をまくり上げ股をひろげて、気前よく御開帳していると、それを見て猿田彦が男根形の大きな赤鼻をたけり立たせ、さらにその鼻をにぎった天鈿女が目を細めている図柄だというのである。

小絵馬を奉納する目的は、家内安全や商売繁昌などの漠然とした祈願よりも、病傷平癒や懐

妊安産などの切実なものとか、怨敵呪咀《おんてきじゅそ》や絶縁別離などの深刻なものとかが多いくらいだから、長らく病んだ足が健やかになるところだの、胎児が産道から出かかっているところだの、憎らしい妾がもだえ死ぬところだの、浮気な男のいちもつが切り落とされるところだの、即物的な図柄の注文には、常平もなれっこだが、こうした笑い絵仕立てはめずらしい。

墨で線描きをし、朱・緑・胡粉《ごふん》などの絵具で単純に彩色をほどこしながら盗み見ると、女は梅茶屋の床几《しょうぎ》に腰かけて、梅干しで渋茶をすすっている。

お納戸《なんど》色の梅小紋の着物に、金茶の翁格子《おきなごうし》の昼夜帯をしめ、黒ちりめんの袖頭巾をかぶり、両ぐりの畳つきの下駄をはいたいでたちは、ちょっと見には町家のおとなしい女房だが、どこかはずれたとり合わせといい着こなしといい、いずれ堅気ではない。

「大きにお待たせを。こんなのでようござんすかえ?」

呼ぶと近づいてとり上げ、

「まあ、よくできた」

けらけら笑って、

「板橋仲宿《なかじゅく》、おさよと書いておくんなさい」

と、天保銭一枚を払った。

「あの……お名前を書いてもよろしいんで」

性器を描いた露骨な絵馬などは、人に知られたくない願いによるのだから、奉納人の名前はないのが普通なのだが、住所まで書けという。

図柄からおせば、まず宿場女郎だろうが、女郎にしては、いくらうっすらと汗ばむほどの日和とはいえ、袖頭巾からはみ出た顔の肌が、薄化粧を通して、血色がよすぎる。

料理茶屋の女房あたりかと考えながら、常平が書きおわって渡すと、

「お世話さま。これで千客万来疑いなしだろう。絵馬屋さんもどうぞお遊びに」

なまなましい笑いを残して、さげた絵馬をふりふり梅茶屋の角を曲がって行く。

あとで庚申塔の前へ行って見たら、見ざる聞かざるいわざるの三猿を刻んだ台石に、笑い絵が立てかけてあった。

信心めかして、絵馬を引き札の代わりにして客寄せをはかるとは、

「おかしな女だな……」

と、常平は自分の描いた絵馬をつついた。


しかし、客寄せなら、ほかの社寺祠堂にも回りそうなものなのに、その後常平は、巣鴨のお七地蔵、駒込の吉祥寺、根津の権現、王子の稲荷、雑司ケ谷の鬼子母神、戸塚の穴八幡、日白の不動のどこでも、おさよという女を見かけなかった。

かといって、板橋の仲宿へ出向きたくなるほど、強く気をひかれていたわけではない。

そのまま忘れるともなしに忘れていた常平の前に、またおさよが現れたのは、花曇りのやは

り巣鴨の庚申塚で、同じ笑い絵を注文すると、今度は天保銭を二枚置いて行った。

天保通宝は当百《とう》文で、実際は九十六文にしか通用せず、ちょっと足りない人間のことを天保銭というくらいだが、それにしても、二三十文から四五十文がせいぜいの小絵馬一枚に当百を二枚とは、だいぶはずんだものである。

ところが、梅若葉の三度目には三枚、五月雨《さみだれ》の四度目には四枚とふえたので、

「こんなにお心づけをいただいちゃあ……」

常平が辞退しかけると、

「すまなかったら、道陸神さまに中山道第一の宿場ぐらい案内してもらうんだね」

と、おさよは笑って、さらに二枚を加えた。

かなりの温気《うんき》なのに、黒ちりめんの袖頭巾をかぶったままだし、雨よけに小豆色の被布《ひふ》まで着ているので、それでなくてもほてりやすいたちらしい肌の熱は、ずいぶん上がっているのだろう。

それが、蛇の目傘の渋の匂いとまじって、むっとなまあたたかく、常平の鼻は思った。

〈寝ぐさい……。やっぱり女郎だ〉

絵馬四枚に払った金から、一枚あたり五十文を引いた残りを祝儀とすれば、しめて一貫、ざっと宿場女郎の上玉の玉代に相当する。

信心ごとのためとはいえ、前借《ぜんしゃく》を背負った身で、気安くたびたび出歩けるところを見れば、

相当な大店《おおだな》のはやりっ子なのだろう。

板橋は行商人の足なら駒込からほんのひと歩きで、本町の縁切り榎《えのき》へもしょっちゅうあきないに通っているから、今さら案内に頼るまでもないが、一日せいぜい二三百文の細いかせぎでは、めったに遊べるものではなく、大店はいつも素通りだし、むろんはやりっ子の顔なじみもなかった。

しかし、いくらしがない小絵馬売りでも、こうまでされたら、買いにこないわけには行くまい、という誘いにちがいない。


梅雨あけの夜、仲宿へ行くと、軒なみ聞くには及ばず、おさよという女郎のいる店は、石神井《しゃくじい》川にかかる板橋の右たもとの豊島屋と、すぐにわかった。

大のれん口の屋根に、肉厚の唐破風《からはふ》をでんと乗っけた大店の構えに気押されるし、

「おや、絵馬屋さん」

などと呼ばれたら形《かた》なしなので、一度は通り過ぎようとしたが、

「まあ、常さん」

と、名前を呼ばれた。

出格子の中に、紫繻子《じゅす》の襟を返した染め胴抜きの座敷着に白献上博多《けんじょうはかた》の巻き帯、菖蒲《しょうぶ》模様の裲襠《しかけ》という女郎姿のおさよがいる。

常平はぞくぞくとうれしくなったが、ほかの女郎たちのあからさまな品定めの視線に抵抗して、

「なんでえ」

「やっときたね」

「忙しかったんだ。不足をぬかしゃあがると帰っちまうぞ」

せいいっぱいぞんざいにふるまって見せ、

「そんなとこでいばってないでさ、話しは部屋で、早く」

と、引っぱり上げられた。

はやりっ子もはやりっ子、おさよは大店豊島屋の板頭《いたがしら》である。

玉代も品川女郎の銀十匁（銭一貫）には及ばないながら、八百文は行っているので、絵馬の祝儀でたまった一貫では、飲み食いやら心づけまではおぼつかない。

店の者の手前、おさよは常平を昔なじみの男に仕立てて、自費の身揚がりで遊ばせたのである。

外出《そとで》のときよりずっと白粉《おしろい》は濃いが、その厚化粧をも通すほど、おさよは血色がいい。ましてて、白粉のない裸身は、体じゅう赤ら顔といいたいくらいで、爪の先で裂け目をつくったら、つるりとそっくりむけてしまいそうに皮膚が薄く、抱くとあたたかいよりも熱かった。

髷《まげ》にかけた手絡《てがら》の紫色が似合うようになっている年増の宿場女郎は、たいてい街道筋を住み替え移り替え、転々と流れ渡ってきたために、骨の髄からくたびれている。

肌はがさがさに乾き、肉にはずみがなく、後天的な貧血症で、なんともいえず抱き心地のうそ寒い女が大半だから、おさよの体から離れた常平が、驚きにぼんやりすると、

「ほめられたのは、喜ばなくっちゃいけないけど、あんまりうれしくないんだ」

と、笑った。よく笑う。

「なぜってねえ、あたしがこんなに持ちのいい体になったのは、育ちのせいなんだもの」

旅芸人の子で、娘のころからどころか、生まれたときから旅暮らしだったためだそうである。葭簀《よしず》がこいに蓆《むしろ》ばりの掛け小屋の楽屋での明け暮れ、よくてせいぜい木賃宿か無住の荒れ寺の寝起きだったから、十五である宿場の飯盛り旅籠《はたご》に身売りをしたときは、雨もりも隙間風もない建てものにはじめて住めるうれしさで、女郎づとめのつらさなど感じなかったという。

だから血色のいい、つゆ沢山《だくさん》の体になったとは、わかったようでわからない話しだが、

〈生まれたときから旅暮らし……〉

これに常平は、耳の下のくぼみがじいんとしびれて、生唾がにじみ出るような、さびしいなつかしさを覚えた。

彼もそうだったのである。

そこから先へは話しは進まなかったが、翌朝別れぎわに、

「案内なんざ頼みゃしなかったが、巣鴨の道陸神さまにお引き合わせの礼をいっとくよ。つまずく石も縁のはし、か。いい行きずりだった。忘れねえぜ。おれもふるさとのねえやつでね」

と、常平がふり返ると、

「そう……」

おさよの目がたちまち濡れた。


なにしろかせぎが細い。

やっとためた一貫二百文をもって、

「裏を返しがてら、借りを返しにきたぜ」

と、豊島屋へ行ったときには、夏も盛りになっていた。

「せっかくの志だから、今度だけはありがたくもらっとくけど、これからはこんな無理をしちゃあいけないよ」

ひどく喜んだおさよは、

「心待ちにしてたんだ。常さんのあれを聞きたくって、ふるさとのない生い立ちというのをさ」

と、宵の口から回しをことわって、真っ黒に日焼けした常平を蚊帳《かや》へ押しこんだ。

常平は砂絵描きの子である。

砂絵描きとは、にぎった砂を少しずつ地面に落として絵を描き、見物から銭をもらう者で、大道芸人というよりは乞食に近い。

社寺の境内、それも祭日や縁日が人も出盛るので、高市者《たかまちもの》すなわち香具師《やし》の仲間に入り、高市暦に従って諸国を流れ歩く。

常平は母親を知らない。ものごころついたときには、父親に手を引かれて、旅暮らしの中にいた。

どこで生まれたのかを父親に聞いても、

「忘れた」

と、答えられるだけだった。父親は皆空斎《かいくうさい》と名のっていたが、本名も、

「忘れた」

である。

一度、どこかの旅先で会った猿回しの爺いが、皆空斎の旧知だったらしく、その酔余《すいよ》の回顧談によれば、皆空斎の前身は本格の絵師で、才能も豊かだったのだが、それをねたんだ朋輩《ほうばい》から足をひっぱられ、師匠から盗作さえされて、画壇の腐敗ぶりに愛想をつかし、絵筆を捨て身分を捨て、絵絹にも画仙紙にも残らない絵を砂で描く、乞食になったのだそうである。

そう猿回しが語ったとき皆空斎は、ふだんの彼からは想像もつかない狂暴さで、猿回しをなぐりつけ、だまらせてしまった。

だから、真偽のほどはわからないが、そんな過去があったのかもしれない。

「それはともかく、おれはおふくろの顔も手前の生まれ故郷も知らねえし、おやじがどこの産なのかさえわからずじめえさ」

と、常平はおさよの乳首をなでながらいった。


「江戸へはいつ？」

「七年ばかり前よ。どうして出てきたのか、それもおやじはいわねえ」

五年前、駒込の富士浅間《せんげん》社の境内で、富士山を描いているときに、砂をにぎったまま地面に突っ伏して、それっきりだった。

もとより身よりたよりは、常平には一人もない。

高市者の帳元に泣きついて、小絵馬売りにしてもらった。

父親とは才能がまるでちがうから、砂絵描きにはなれないが、小さいころからの見よう見まねの絵で、稚拙でもとがめられない小絵馬ならごまかすことはでき、どうにかこうにか食えるようになっている。

「だが、描くとすぐ消して、あとに残さねえ砂絵描きの伜《せがれ》が、雨風にさらされても長々と残る、絵馬を描いているとは、ばかげてるじゃねえか」

「そうなの……」

おさよは尾を引いて息を吐いた。乳首が堅くそそり立っている。

その上半身をふと起こすと、

「ほんとのことをいおうか」

と、常平を見すえた。

「あたしが足しげく庚申塚へ行ったのは、お前さんを好いたらしい男だなと思ったからじゃないんだよ」

「そ、そんなこと……おれだって……うぬぼれちゃいねえや。わかってらあ」

「どうわかってるの？」

「ど、どうってお前……」

「実はね、はじめて見たときの常さんに、そんな生い立ちが感じられたからなのさ」

「居眠りしてた格好にか？」

「いかにも、友だちがなくって、しょっちゅう一人で遊んでいた子ども時分がありそうにね」

「ふうん……」

「同気相求める、とかいうやつだろう」

「お前も似たような生いたちだといってたな……。どこのなまりともつかねえ妙ななまりがあると思ったら、やっぱり……」

「あっちこっちのがごちゃまぜに入っちまってるんだ、きっと。常さんだってそうだよ」

「だろうな」

窓の釣りしのぶの風鈴が鳴り出して、少しのあいだ話しが途切れた。

おさよがすすり泣きに似た息を、常平の耳へ吹きかけた。

「江戸は諸国のはきだめだから、よそ者は多いが、ふるさとのねえやつとはなつかしいぜ。知り合えてよかったよ」

返事はなく、かわりに脂の乗った薄皮の足がからんできた。付け根が、できたての濃い葛湯《くずゆ》のように熱かった。


翌々日、もうおさよが巣鴨の庚申塚へきた。洗い髪を馬のしっぽなりにざっと束ねただけの頭で、首抜きの絞りの浴衣を着て、青紙の黒柄の日傘をさしている。

申《さる》の日だが、煎りつけるような油照りで、参詣人はほとんどない。

二人は大欅《けやき》の日陰に腰をおろした。大道商人と参詣客から遊蕩客と娼妓《しょうぎ》の関係に進んだのは、さして意外でもなかったが、恋仲になって逢い引きしているとは、なんとも勝手がちがい、蟬しぐれの下で目を見合わすたびに、くすぐったい感じをもてあました。

ときおり、思い出したように、風が中山道から吹き渡る。

それに乗って子どもたちの声が切れ切れに流れてくる。

〽ふるさとまとめて花いちもんめ
…………

あの子がほしい
あの子じゃわからん
……ちゃんがほしい
…………
じゃんけんぽん
あいこでしょ
…………
勝ってうれしい花いちもんめ
負けてくやしい花いちもんめ
…………
　ふるさとまとめて花いちもんめ
くり返しくり返し、あきもせずつづいている。その単調さが快い眠気を誘う。
「ああ……よく見たっけ、あの遊び……」
ようやく汗はおさまったが、肌はまだ赤くほてったままで、目をとじたおさよが、
「ふるさともとめて花いちもんめ」
と、口ずさんだ。
「『もとめて』じゃねえ。『まとめて』だ」

「いいえ、『もとめて』だよ」

「ばかな。聞いてみろ。ほら」

おさよは目をあけて、耳を傾けたが、

「あれ？　おかしい。ちがってる」

「お前がちがってるんだ」

「いいえ、『ふるさともとめて』だよ。『なんとかちゃんもとめて花いちもんめ』さ。だからとり合いになるんじゃないか」

「どこだって、『まとめて』だ」

「この界隈だけだよ」

「そんなことはねえったら」

「あるったら。あたしゃね、九州から奥州まで流れ歩いてるから、ちゃんと知ってるんだ。入れてもらえずに、見てるだけだったけど、うらやましくってたまらずに、食いつくように見てたから、よく覚えてるのさ」

「おれだってそうだぞ」

「どこでも『もとめて』だったよ」

「いや、『まとめて』だ」

「もとめて」

「まとめて」

「もとめて！」

「まとめて！」

いいつのるうちに、吹き出しかけたが、二人とも笑えなかった、笑うと、泣き出しそうだった。

やがておさよは常平に、

「これで例の絵馬を描いて、奉納しといておくれ」

と、天保銭を十枚手渡した。当百でも、九百六十文とは、小絵馬にはべらぼうな値段である。

「おい、いくらなんでもこいつは過ぎるぜ」

「過ぎないよ、大店の板頭に会いにくるには」

「会いに？　と、つまり、これで遊びにこいというのか？」

「そうさ」

「なんだか……おれの体が買われてるような心もちになってきやがった……」

笑いをとりもどしたおさよは、青傘をくるくると回しながら帰って行った。

「お安くないね、常さん。あたしゃすっかり見なおしたよ」

昼寝をしているとばかり思っていた梅茶屋のおりき婆あが、乱杭歯をかちかち鳴らして笑う。

「うるせえ」

常平は仏頂面をしたものの、

「ふるさともとめて花いちもんめ」

と、鼻唄まじりに、猿田彦と天鈿女の笑い絵を、日陰で十二枚も描いた。

その夜、板橋仲宿の豊島屋へ、おさよのくれた金でおさよを買いに行った常平は、おさよの絵馬奉納の真意を、やっと了解した。

「春寒《はるさむ》のころ、あたしゃ死んだ母親の夢を見てね」

痴情沙汰で男に殺されたのだが、その最期の姿である。

中山道熊谷宿《じゅく》はずれの木賃宿で、煎餅布団の雑魚寝だったが、明け方おさよが目をさますと、乳房の下をひとえぐりされた母親が口をあけてこと切れ、血糊がおさよの着物までべとべとにしみこんでいたという。

忘れよう忘れようとつとめたかいがあって、いいあんばいにもうほとんど忘れていた母親を、なぜ久しぶりに夢に見たのか。思いあたるふしは全くない。

ないのに、妙に気にかかる。

「あたしもあんな死にざまをさらすんじゃないかなんて考えたら、客をとるのもいやになっちまってさ。鳥屋《とや》について隠し酒を飲み出したの」

かせぎが途絶えたので、長らく張っていた板頭の位置から陥落する。落ちれば坂道の石で止まらない。

仮病であることはひと目でばれるから、今までちやほやしていたお部屋（抱え主）も、苦い顔でいやみたらたら並べ出す。

「いまいましいから験《げん》なおしでもしようと思ったんだけど、これといって信心なんぞしてなかったんで、さてとなったら、なにさまに願《がん》をかけりゃいいのかわからないんだ」

「道陸神さまにしたのは？」

「一座の連中が行く先々で拝んでたのを思い出したからさ」

「ああ、旅回りの人間は、たいてい信心してらあ」

「重ね重ね、いまいましいねえ」

と、おさよはしんそこくやしそうに、珊瑚《さんご》の五分玉《ごぶだま》の銀簪《ぎんかん》の足で、頭をきつくかいた。

「親を忘れようと願かけするのに、旅芸人の子の習いが出てくるなんてさ」

絵馬の図柄を猿田彦と天鈿女の笑い絵にしたのは、宿場女郎として千客万来の商売繁昌を祈るためだが、

「それもあいつへのあてつけでね」

「あいつ？　おふくろさんへのあてつけとは？」

「女郎同然のことをしてた女なんだ。いいえ、あいつにくらべりゃ、女郎の方がまだきれいだ

よ」

おさよの母親は、旅芝居の一座の囃子方だった。

どこかの田舎芸者の出なのだろう。三味線が表芸だが、唄もうまく、笛も鼓《つづみ》も太鼓もこなした。役者が足りないときは、舞台に立ちさえする。

悪達者《わるだっしゃ》な卑しい五目芸だが、旅回りの芸人としては、そこがなによりの強みで、ずいぶん重宝にされた。

目ははれぼったいし、鼻はあぐらをかいているし、決していい器量ではなかったが、やはり血色のいい薄皮のほてり性で、たいそうな男好きだった。

くどかれるまでもなく、こちらから粉をかける。寝床に這ってこられれば、拒んだことがない。

「女郎のあたしがいうのもおかしいようなもんだけど」

と、おさよは常平のへそをなぶりながら笑って、

「淫乱とはあんな手の女のことをいうんだろうね。とにかく毎晩なんだから。しかも夜っぴて。いつ眠るんだろうと思うくらい」

「へええ、そんなにお盛んだったのか……」

常平は生唾を飲んだ。

「だから、あたしは父《てて》なし子なんだ。母親は教えちゃくれなかったし、当人もわからなかった

んじゃないかしら」

　当然、座内はもめる。

「あれは北陸路でだったたっけ」

　七十近い座頭《ざがしら》のひきいる一座に入っていて、まずその座頭とでき、次に四十いくつの息子に抱かれ、さらに二十歳前の孫をかわいがってしまったときは、さすがに動じない旅芸人たちも、あいた口がふさがらなかった。

「芋田楽とか親子鍋とかは知っているが、親子三代を穴兄弟にしちまったのはどういえばいいんだってね。そしたら、だれかが、笑わせるじゃないか、累代之墓だとさ」

　そんなありさまだから、一座にいられなくなる。

　ドロンをしても、腕がいいので、すぐほかの一座に駆けこめば、食えるのである。するとまたたちまちだれかとできてしまう。

　最期は一座が御難《ごなん》に遭って、木賃宿で鳥屋についていたときだったが、後の情夫《いろ》に移られたのを恨んだ先の情夫の兇行で、共寝していた後の情夫は、白河夜船の高いびきだった。

「それよりも腹が立ったのは、殺された母親のあそこに、濡れた紙がはさまったまんまのを見てなんだ。あたしゃここからこの世に出てきたのかと思ったら、そばに捨ててあった下手人《げしゅにん》の剃刀で、えぐりとってやりたくなったよ」

　と、おさよは常平のへそを乱暴にかき回した。

ひとしきり汗まみれになったあとで、おさよははじめて聞くしんみりした調子でいった。

「そんな女でね、思い出すさえしゃくにさわる親だけど、たった一つ、しんそこ羨ましかったところがある」

はげしい動きでもち上がった蚊帳の裾から入ったのだろう、汗の首筋で蚊がうるさい。

「ねえ。聞いてるの？」

「え？　ああ、聞いてるとも」

「たった一つ、しんそこ羨ましかったところというのはね、母親がふるさとをもってたことなんだ」

折りにふれて母親は、生まれ在所の風物を語った。

「なんでもずうっと南の方の国らしいんだけど、どことはいったことがないの」

いわないが、そのきわめてなつかしそうな語り口は、きまった故郷のある人間の落ち着きをもっていたらしい。

そんなときの、ふだんの母親とは別人のような、あどけない表情が印象的で、おさよは、

「今でも、あれを思うと、羨ましさでここが痛くなる」

と、掌にあまる乳房をつかませてから、常平の腿をつねった。

「痛えっ、なにもおれを」

常平は、しかし、早くも勢いのよみがえった前をおさよに向けて、

「それはそうと、掛け小屋の楽屋だの木賃宿だのじゃ、雑魚寝か、それに近い寝方だったんだろ？」

と、一番そそられた個所に話しをもどした。

「お前もおふくろさんといっしょだな？」

「あたりまえさ。なにさまじゃあるまいし」

「するとだな、おふくろさんが男とだな、ナニしてるときはだな……」

「あたしはだな、どうしてるのかとだな、お前さんはだな、聞こうとしてだな」

「まじめに答えろ」

おさよはけらけら笑った。実に屈託のない笑いである。

「眠っちまってることもあれば、さめてることもあるね。派手な声を立てるんだもの」

「さ、さめてることも？　そ、そのときは、どうなんだ」

「どうって」

「いや、だからよ、お前はどうしてるんだよ」

「じろじろ見物してるわけには行かないだろ？　眠ったふりをしてるのさ」

「なんとも思わずにか？」

「そりゃ思わないことはないけど」

「どんなふうに」

「あたしも早くおとなになりたいな、なんてふうにさ」

「ふうん……」

できたての葛湯のように熱いおさよの中へ、ふたたび埋没して行くまでにたけっていた常平は、ふと身じろぎを止めた。

自身の遠い記憶をつつかれたからである。


常平の父親も、幼ない伜の前で笑い絵を描くのが平気な男だった。

砂絵の砂は、白砂を紅・青・黒・緑などに染め、これに白を加えて五色、また金砂を加えて六色にもして使うから、常平は木賃宿で白砂を泥絵具で染める仕事を、毎日手伝わされていたものだが、砂絵は荒れた地面では美しく描けない。

高市者のジメ師には、地面は飯の種だが、中でも砂絵描きにとっては、本絵師にとっての絵絹や画仙紙にも相当する、大切な画面である。

そのため、行く先々の社寺の境内を、ショバ割りしてもらうと、朝早く出かけて、雑草を除き瓦礫を払い、平にならして、よくしめり気をふくませるために、霧を吹きつける養生をしておかなければならない。

父親は年とともに深酒の二日酔いがひどくなったので、この地ならしも、七つ八つからの常平の仕事だった。

暗いうちに起きて自炊し、父親の枕元に飯をおいて先に出かける。

「冬なんざ、たまらなかったな」

と、常平はおさよに聞かせはじめた。

地面を養生していると、村の悪たれどもがやってきて、めちゃめちゃにしてしまうこともある。

ようやく人が集まるころに父親がきて、腐った柿のような匂いをぷんぷんさせながら、石や切り株に腰かける。

常平はそばにしゃがんで銭箱を抱え、ときどき立っては投げ銭を拾い集めたり、色砂で地面に半円の線を引きなおして見物の整理をするのだが、朝が早いから、つい居眠りが出る。

それを怒った父親の容赦なく投げつける砂で、悲鳴を上げては、見物の笑いを呼んだ。

おとなに笑われるのはなんともないが、同年輩の子どもの、

「ものもらいの子。宿なし」

という、あざけりの笑いがつらい。

見物が花月・鳥獣・魚貝・山水・神仏・鬼仙・名士を注文すると、皆空斎は砂箱から無造作に砂をひとにぎりして、一気呵成に描く。

にぎった指の股から、五色六色の色別もあざやかに、細い太いの分量も自在にこぼれる手練の技だが、伜にもこつは教えなかった。

描き上げて、投げ銭を受けおわると、少しの惜しげもなく、手帚《てぼうき》でさっと掃き消してしまう。

「あ……」

と、思わず見物が嘆声をもらすとき、赤くにごった皆空斎の目が、わずかに得意の輝きを帯びるようだった。

しかし、それよりもっと強く、常平が自分もおとなになりたいと思うのは、父親の笑い絵描きを見るときである。

一度に寛永通宝の四文銭数枚では、塩噌《えんそ》の銭と木賃宿にもちこむ薪炭の代ぐらいしかまかなえず、安酒も飲めない。

そこで見物の数をしぼり、春画を描いて特別料金をとるのだった。

半刻に一度くらいの割り合いで、常平が銭箱をもって回る。見物は意味を先刻承知だから、女・子どもや銭なしは散ってしまう。

追い銭を払ったごく少数が残り、ぐっと小さくなった人垣の中で、皆空斎は五色の砂を大地に降らせ、濃厚きわまる春画を描く。

その描線の、命のない砂粒から成るとは到底思えない悩ましさに、見物は中腰の姿勢を固めてたかぶる。

皆空斎が男女のあえぎに似せた息を吹きかけると、驚くべきことに、描線の砂粒が微妙にふるえて、男女は身もだえうごめくのである。入神《にゅうしん》の技といっていいだろう。

こんなときの父親が、

「早くおとなになりたい」

と、常平に思わせたのだが、当の皆空斎の目は、逆にぞっとするほど暗く冷やかに沈んでいた。

あとになってみると、父親の笑い絵の図柄は、姦通をずばりと示すものばかりだったような感じがし、皆空斎はそむいた女房への怨念を、瞬時に消えるはかない砂絵を描くことで、晴らしていたのではあるまいかとも考えられるのだが、そのころの常平には、むろんわかるわけがない。

見物は鼻息さえ荒くするのだが、皆空斎は最後に、金砂で交合の男女の回りに後光を描き、見物の緊張を一気にといて笑わせ、

「色即是空」

ぶっきらぼうにつぶやくと、足の先で絵を踏み散らすのだった。

「砂染めの夜なべの疲れで、死んだように眠ったから、お前のように夜中におとなのナニを見せつけられることはなかったが、七八つで笑い絵描きの手伝いをしながら、早くおとなになりてえと思ったなんざ、おれってやつもジャリらしくなかったよな」

常平が笑うと、おさよはいきなりかじりついて、
「そのころ、知り合いになりたかったねえ」
と、泣き出した。

おさよが常平をいわゆる間夫《まぶ》とせず、絵馬に払った金で遊びにこさせるような、まだるっこい段どりを踏んだのは、持ち出しの身揚がりをしていると、どうしても常平が、店の者に軽んじられるからだった。

そんなたてひきにも、世のつねの親らしい親をもてず、人なみの子どもらしい日々を送れずに育ち、江戸という諸国の吹きだまりに吹き寄せられてきたごみ同志としての、思いやりがこもっているようである。

昼間おさよが巣鴨へくると、その夜常平が板橋へ行くという逢う瀬が重なるうちに、旅育ち同志なのだから、昔一度くらいは、どこかの土地でいっしょだったことがあるかもしれないという話しになった。

地名を挙げ合うと、行ったことのあるなしで、双方の食いちがいがずいぶんある。

世の中、広いものだと改めて感心したが、双方行ったことのある土地もないではなく、そんなときのうれしさは大きい。

行った時期はずれていても、社寺の造作・景色の記憶がぴたり一致すると、二人がまだ子ど

もで、同じ境内にでもいるような、ごくあどけない気分になるのだった。

「ほらほら、しっぽの欠けた狛犬《こまいぬ》」

「ああ、おれはあれによじのぼってる」

「すると、あたしは神楽殿の段々に腰をかけて」

「互えに見ねえふりをして見てるんだ」

「あの子も旅回りだなと思いながらね」

「近づきになりてえんだが、きまりが悪くってさ」

「ああ、そんなことがあった……」

「うん、あったな……」

こうしたたあいもないやりとりのあとは、必ずなみはずれたたかぶりとなり、数も覚えない絶頂をへて、ぜいぜいあえぐばかりの二人の上を、窓下を流れる石神井川から舞いこんできた螢が、ひやかし気味に横切ったりした。

芝居者の子だけあって、おさよは述懐がうまい。

「お盆といえば、若い木戸番の霊を精霊船《しょうりょうぶね》に乗せて、川に流して見送った夜を、きまって思い出すんだけどね」

などとはじめると、薄い太鼓の水音が聞こえてくるようだった。

「その木戸番は、地回りのごろつきに、木戸をついたと殺されたんだけど、そりゃよくあたしをかわいがってくれた人だったもんだから、あたしは兄《あん》ちゃん兄ちゃんと泣きながら土手を追いかけてさ」

と、仕形《しかた》ばなしになり、

「あれは確か甲州の笛吹川だったな。そうそう、中流の石和《いさわ》だ。甲斐八景の一つで有名な。お前さん、行った？ 行かない。螢の名所さ。そりゃみごとな螢でね、精霊船の上を守るように何匹もついて舞うんだ」

ますますくわしくなる。

しかし、祭礼や縁日についての記憶となれば、さすがに高市者の子だった常平の方が確かである。

佃島住吉・王子権現・深川八幡・日暮里《にっぽり》諏訪・芝神明・神田明神とつづく祭礼の評判がにぎやかになったころ、諸国のめぼしい秋祭りの思い出を話し合っていて、常平はおさよの話しの中に少なからずうそがあることに気づいた。

池に飯櫃《めしびつ》を沈めて龍神を供養し、その浮かび上がりで年の吉凶を占うのは、駿州佐倉の池宮神社の祭りなのに、越中富山の関野神社だというし、上代に大陸から伝来したごく古い獅子頭をかぶって、牡獅子・牝獅子・中獅子の三匹が先舞いの禰宜《ねぎ》にからむのは、信州上田の獅子舞いなのだが、江州日野で見たなどという。

あちらこちらの祭礼や縁日を、いくつかつぎはぎして、一つところのもののように語ったりもする。

「おい、出まかせもほどほどにしろよ」

と、常平が苦笑いしながら釘をさすと、

「そうだったっけ。あんまり沢山なんで、こんがらがっちまった」

けろりとして、

「かまわないじゃないか、そのくらい」

と、笑い飛ばす。

「そりゃ、ま、かまわねえようなもんだが」

常平の方が口ごもって、

「おれは性分で気になってな」

「ごめんなさい」

と、今度は素直にあやまる。

「うそをつくつもりは毛頭ないんだけど、旅育ちの悲しさには、いやなことを忘れたいもんだから、なつかしい土地の思い出を、それこそいいとこどりにして覚える習いが、身についちまったせいなんだろう」

「ちぇっ」

常平はふくれたが、いわれてみれば、確かに悪気はなさそうである。

ふるさとのない人間は、へめぐったなつかしい土地をひとまとめに覚えこみ、実在のふるさととしてしのびたいような、ある種の心もとなさに、生涯さいなまれているのかもしれない。

「『ふるさとまとめて花いちもんめ』か……」

「そうそう。『まとめて』なんだよ」

「お前、『もとめて』だといいはったじゃねえか」

「降参。『まとめて』にする」

常平が地名のあやまりなどをとがめ立てしなくなったので、大いに安心したのだろう。おさよの述懐は、いよいよ生き生きとしてきた。

だいぶ絵空ごとくさいものが多いのだが、自分で自分の話しにもらい泣きしたりするのを見ると、当人はだましているつもりではないらしい。

どこかで聞いた話しを、いつの間にやら自分の事実のように思いこんでしまったのか、それとも絵空ごとと意識して話しはじめながら、話すうちに事実だったような気になってしまうのか、ともかくいかにも芝居者の子らしい習性ではある。

それに、どうせ女郎の身の上ばなしなのだから、絵空ごととして聞ける方が、第一嫉妬を覚えずにすんで、助かるではないか。

おさよはとくに色懺悔をくわしくするようになったが、常平はおもしろがって聞いていた。少なくとも、遊びなれた男らしくおもしろがってみせるだけの余裕は、保っていられたのである。

ところが、色懺悔に、

「ほんとのことをいおうか」

という、合の手をはさむ数がふえると、次第にそう行かなくなった。

おさよの修正には、あたしはもっともっと悪性《あくしょう》な女なのさという、開きなおりの勢いがある。

今までは、芝居や浄瑠璃や講釈のように聞いていられた女の過去が、急に生ぐさく目の前に立ちふさがった感じで、おさよの体のうまみがわかってきた矢先だけに、潜在していた嫉妬をほじくり出されてしまい、

「ほんとのこと」

と、おさよがいいかけるたびに、常平はびくつく。

おさよにすれば、常平との歓喜が深まるほど、なおも被虐の快感を求めて、悪性女ぶるのかもしれなかったが、常平の方はそう受けとって笑っていることはできない。

女郎の体から過去の男の触感をぬぐいとりたく思うことほど、はかなく滑稽なことはないのだが、

「しょうがねえじゃねえか」

と、常平は駒込動坂下の裏長屋で、小絵馬を描きながらどなった。

こうして、彼岸間近に行った常平に切り出したのが、

「あたしがはじめて男におもちゃにされたのは、紀州のお宮の裏山でだったというの、あれにはちょっとうそがあってね」

という、おさよの懺悔だったのである。


「房州のお寺の回廊なのさ」

ふところ手で乳房をにぎりしめたまま、おさよは語りつぐ。

「しかも、あたしの方から水を向けたのが発端でね」

発端などというあたりも芝居者である。

一座が町回りに出た留守、仮病を使ったおさよが待っていると、一座にその無住寺を世話した網元の伜がやってきて、へらへら笑いっぱなしに笑いながら、おさよをいじり回したという。

「音五郎といったけど、乾鰯《ほしか》くさい、いやなやつだった」

「いやなやつに、なんだって手前から水を向けて、おもちゃにされたりしたんだ」

女郎の身の上ばなしに触発された滑稽な嫉妬が、自分の声音に明らかに表われているのを、気づきながらも制しようがなく、常平が唇をふるわせると、

「だってさ」

と、おさよは甘えた顔で答えた。

「さびしかったんだもの」

「さ、さびしかった？」

その前日の道中で、母親が新しい情夫《いろ》の若い大道具方に、生まれ在所の景色を、さもなつかしそうに語り、情夫がおれの在所にそっくりだなどと熱心に聞いていたのがたまらず、なんとか逆らってみたくなったからだというのである。

漁師町に乗りこむと早々、挨拶を交わした網元の伜が、おさよの母親に色目を使い、母親もすぐその晩にでも応じそうなしなを作ったのを、おさよは見届けて、留守に母親の鼻をあかしてやったのだと語り、

「どう？　愛想をつかした？」

と、おさよは居ずまいを正した。

「い、いや……」

常平は小便に立った。

手水場《ちょうずば》からの帰りがけ、二階の遣手《やりて》部屋の前で、すれちがった男がある。中年というより初老に近い男で、体格はたくましいし、着ているものも極上だが、乾鰯くさかった。

〈音五郎だな……〉

件《くだん》の網元の伜、いや、もう網元をついでいるだろう、あいつにちがいない。

〈きっと会いにきたんだ……。それでおさよはおれと切れようとしたんだ……〉

おさよの本部屋の方からもどってきたような足どりである。

回し部屋で待ちくたびれ、催促に本部屋へ行き、おさよにたしなめられて、回し部屋へ引きさがる途中だったのだろう。

「人をこけにしやがって……」

と、見送った常平は、憎しみを、男にではなく女に向けた。

そもそも、いくら憎い母親へのあてつけだからといって、わざわざこちらから水を向けてまでも、いやな男におもちゃにされるとは、一体なんという女心だろう。

外海を見おろす房州の荒れ寺の回廊に展開された、乾鰯くさい光景を思い浮かべると、自分の手の全く届かない時間を、二人が共有していることに、常平は目もくらむような嫉妬を感じて、本部屋へはもどれず、廊下からそのまま駒込動坂下の一人住まいへ帰ってしまった。

彼岸あけだった。

常平は荷をかついで巣鴨の庚申塚へ出かけたが、申の日なのに、おさよは日の入りまで現れない。

梅茶屋のおりき婆あに、

「おや、今日は待ちぼうけかえ？　色男でもたまにははずれがあるんだね」

と、からかわれて、

「これからくるんだよ。おあいにくさま」

と、答えた手前、どうにも所在なく、もう手暗がりになった中で、常平は桐の小さな絵具箪笥から、改めて泥絵具をつまみ出し、すりばちでこまかくすって、にかわをまぜ、例の笑い絵を一枚描いた。

廏形のふちどりに飾り彫りをほどこして、墨を塗っていると、にかわの淫猥な匂いに、おさよの過去が濃厚にただよった。

どんな女でも、はじめの男は忘れられないものだという。

久しぶりに、死んだ母親のむごたらしい姿を夢に見て、気がめいったおさよが、音五郎をなつかしく思い出し、再会を祈って庚申塚にかけた願《がん》が、この図柄の注文だったのかもしれない。

道陸神の引き合わせか、たまたま巣鴨を通りかかった音五郎が、庚申塚で絵馬を見かけて、よりをもどしにたずねてきたのだろう。

「すると……あれはやっぱりあったことなんだ……」

と、常平はつぶやいた。

〈女郎らしく、うそずくめ、絵空ごとばかりであってくれたらよかったのに……〉

ほんとうにあった話しであることが、胸をうずかせるのである。

しかも、なみの告白ではなく、うそから出たまことであるだけに、その痛みは大きい。

猿田彦の男根形の赤鼻を、天鈿女がにぎって、目を細めている図柄も、音五郎との最初の体験を、もろに示しているのだろうと思うと、常平は体じゅうが熱くなった。

子どもたちの単調な唄が聞こえてきた。

〽ふるさとまとめて花いちもんめ

…………

あの子がほしい

あの子じゃわからん

ひょっとしたらこの唄も、そのとき荒れ寺の境内に流れていたのではないだろうか。

常平は無意識にしゃがんで、地面の砂をつかんでは、指の股からこぼしていた。

その姿は、ふと父親の皆空斎に生き写しだったが、むろん当の常平は気づかなかった。

やがて立ち上がった。

その夜、中山道板橋宿の飯盛り旅籠豊島屋で、板頭を張っていた女郎おさよが、乳房の下をひとえぐりされて死んだ。

下手人はなじみの絵馬屋常平、兇器は飾り彫り用の鑿《のみ》である。

たまたま居合わせて、惨状を目撃した遣手の証言によれば、音五郎なる初老の男が登楼したことはなく、おさよは常平に、

「あんなこと、真《ま》に受けるやつがあるものかね。みんなうそだよ」

しきりに抗弁していたが、鏨でひとえぐりされると、息も絶え絶えになりながら、放心した下手人の常平といっしょに、

〽隣りのおばさんちょっときておくれ
鬼がこわくて行かれない
お釜かぶってちょっときておくれ
それでもこわくて行かれない
…………
勝ってうれしい花いちもんめ
負けてくやしい花いちもんめ
ふるさとまとめて花いちもんめ

と、くり返していたという。

常平が二階の遣手部屋の前ですれちがった乾鰯くさい初老の男は、はたしてあのできたての葛湯のようなおさよの女を、最初にもてあそんだやつだったのだろうか。

遣手の証言が正しければ、男は全くの他人で、常平のとんだ早合点であり、おさよもつい図に乗りすぎて、述懐の芸をこまかくしたために、命を落としたという、実に粗忽な結果になるのだが、庚申塚にやたらに奉納された、小絵馬の笑い絵をいくら見ても、もとよりわかるまい。

当人の予感どおりに、母親と同じ死にざまをさらしたおさよが、息を引きとるとき、求める

までもなく確かにあるふるさとをもった母親を、やはりしんそこ羨ましく思っていたのかどうかなどは、なおのことである。

だれかさんのお蔵

駒込の団子坂下の得意先へ、注文の針箱をとどけた志ん太が、白山権現《ごんげん》近くの指ケ谷町《さすがやちょう》の、この界隈にはやたらに多い石段の一つを登りきり、片側にしもた屋のひっそりと並ぶ路地を入りかけると、前方から黒い人影が現れた。

がっしりした体つきの男で、上機嫌に酔っているらしく、爪楊子で歯をせせる音をさせ、口三味線入りの鼻唄を唄いながら近づいてきたが、いきなり前をまくると、黒板塀に小便をかけはじめた。

「どうでえ。見や。酒樽の飲み口を抜いたように威勢よく出るだろ。豪儀なもんだぜ。恐れ入ったか。それ、どくどくじょごじょご、どくどくじょごじょご。ああ、こてえられねえ。もっと出るぞ。もっともっと、それそれそれ」

だみ声でそんなひとりごとをいいながら、腰をふっている。

富士山の絵でも塀に描いているのかと思ったが、腰のふりかたはちがい、どうやら女とのまじわりをまねているらしい。

こんな状態では、注意力などあるはずはなく、おまけにあたりも、とろりと濃い烏賊墨《いかずみ》を流したような宵闇である。

だが、人目をはばかる志ん太は油断せず、髷《まげ》の刷毛先《はけさき》をなおすしぐさで顔を隠し、すいと軽く男の背後を通りすぎた。

酒くささに加えて、栗の花に似た、みだりがわしい匂いがある。その辺で女を抱いた、上首尾の帰り道なのだろう。

曲がりくねった路地を進んだ志ん太は、つきあたりに近い、奥まった一軒の裏木戸から、便所の前をうかがった。

手水鉢《ちょうずばち》の上に、花色木綿の手ぬぐいがかかっている。

〈まずい……。親方がきてら……〉


親方の囲い者の、すいのという女と、志ん太は一年ほど前に、ついできてしまった。注文の長火鉢をとどけに行ってである。

なに、注文といったところで、実は親方がすいのに与える、妾宅《しょうたく》用の調度なのであり、親方の女房の手前、志ん太が親方からあずかって行った金を、得意先からもらってきたように、女房の目の前で親方に渡すという、ばかばかしいごまかしなのだが、そのばかばかしいごまかしの使い奴《やっこ》が、いつも志ん太だった。

箪笥・鏡台・道幸《どうこ》棚・文机・手箱・行燈《あんどん》・膳箱・提《さ》げ重《じゅう》など、ずいぶん運んだが、全部志ん太の作ったもので、長火鉢をとどけたとき、ついそのことに口をすべらすと、親方がこしらえてくれるものとばかり思っていたすいのは、急に感情を傾けてきたのである。

「あたしが親方の女だってことを知りながら、どんな気もちで細工をしておいでだったの？」

「どんなって……なんともいえぬ気もちでしたよ」

「やけた？」

「そりゃあもう」

「しゃくにさわって、たたきこわしたくなったりはしなかったかえ？」

「正直にいいますとね。でも、思いなおしたら、かえってはげみになりました」

「どういうふうに思いなおしたの？」

「あっしのこせえたものは、親方も知らねえときに、御新造さんのお姿を見ることができるし、御新造さんにさわっていただくこともできるんだって」

「まあ、志ん太さんたら、そんなことをずうっと……」

と、すいのは肩をくねらせて、うっとりしたまなざしになった。

「女なんてものァな」

志ん太の兄弟子で、二年前に親方のところから独立し、今は汐留に小さいながらも一家を構える武一が、よくうそぶいていたものである。

「一押し二押し三に押しさ。こんなことをいっちゃあ気障《きざ》だと思われやしねえかとか、しつっこすぎてきらわれやしねえかとか、ためらってちゃいけねえ。いけねえってより、そんな斟酌《しんしゃく》は頭っからいらねえのよ。どんな歯の浮くような空世辞《からせじ》でもうれしがらせでも、どんどんいってみるこった。きっと、いわねえよりはききめがあるものなんだから」

自分の魅力に男が痴《し》れているさまは、女はたまらない快感を覚えるのだという。

町内の若い者たちに銀流しの武一、つづめて銀武と呼ばれていたほどで、本職の指物《さしもの》の腕はいい。やわでも、女をものにする腕は確かな男だったから、そんなふらちな高言にも説得力があった。

そうかもしれないと志ん太も思い、好きになりかけた何人かの女に対して、銀武流を用いてみようとしたこともあったのだが、ついぞ一度もできなかった。

いくらなんでも、女というものが、武一のうそぶくようなそんな愚かしいものだとは、考えたくないという、未練を捨てきれなかったからである。

まして、親方のもちものである女に対して、そんな了見を抱こうなどとは、夢にも思っていなかった。

ところが、ふとあいた口に、棚から牡丹餅《ぼたもち》が落ちてきたようなことが、実際に起きたのだから、世の中はわからない。

長火鉢のできばえに喜んだすいのは、志ん太に手伝わせて灰を入れ、銅壺《どうこ》の使いぞめだと酒をふるまった。

はじめてすいのと差し向かいで酒を汲みかわす、思いがけない身のなりゆきに胸をどきつかせた志ん太は、酔いが回ると、目の前のかなり美しい女を、手活けの花にしている親方が、猛然とねたましく、あとから考えれば、決して危険を忘れていたのではなく、危険を人一倍強く意識していたからこそ、余計しゃにむにおかしたくもなったのだろう、ついとっさに思いついたうれしがらせをやってみた、というのが、いつわらないところだった。

親方の細工を弟子が代作することなど、職人にとっては日常茶飯事なのだが、それを知ったすいのは、康蔵への反発をあらわにして、いわば陰の存在ではあり、男とも思っていなかった志ん太に、女としての目を向けたのである。

「じゃ、あたしのことを?」

胸をおさえながら聞くすいのに、

「ええ。でも、しょせんは高嶺の花、ましてや親方の大事なお人にだいそれたと、一所懸命に手前をあきらめさせせましてね、せめてもの心やりに、おそばにおかれる指物を、手前の目や体にして、お姿を見たりさわっていただいたりしようと、気を入れて細工をしたわけなんで」

と、歯の浮くようなせりふを使ってみたら、

「まあ……。それをちっとも知らずに、あたしは眺めたりさわったりしてたんだね……。どうしよう……」

志ん太があっけにとられるほどの早さで陶酔し、体を投げかけてきたのだった。

夢中で抱きながら、ほんとうに以前から、ひそかにこの女を慕いつづけてきたような気に、

志ん太はなっていた。

日あたりの悪い路地裏などにひっそりと咲く昼顔のように、美しくはあっても色気に乏しい見かけによらず、すいのは肉感の濃厚な女で、歓喜を爆発させて狂おしく志ん太の若さをむさぼる。

それでいながら保身には慎重で、

「阿漕《あこぎ》はつつしみましょうね」

伊勢大神宮御料地の禁漁をおかす行為に託して、忍び逢いの危険をいましめた、

　逢うことを阿漕の島に引く網の
　　たび重ならば人も知りなん

の古歌を踏まえた俗語であることなど、知ってか知らずか、そんなことをいって、逢う瀬を月に一度か、せいぜい二度に制限した。

妾宅で抱いたのは最初だけで、つのる逢いたさにたえかねた志ん太が、親方の使いの帰り道をごまかして立ち寄ると、すいのは翌日か翌々日を指定して、池の端での密会を約束し、早々に志ん太を立ち去らせる。

上野の不忍池のほとりには、人目を忍ぶ男女の情交専門の出合《であい》茶屋が、密集している。

密集していたのでは、人目を忍ぶことにはなるまいものを、脛《すね》に傷もつ者ばかりやってくることが、安心感につながって、繁盛するのだろう。

出入りにこそ頭巾や笠で顔を隠したりするが、中では大胆奔放にふるまい、蓮池の水面に感泣の嬌声《きようせい》をひびかせもする。

すいのも狂態の限りをつくしたので、逢う瀬の回数のわりには、二人の体のつながりは急速に深化した。

しかし、出合茶屋以外での慎重さは変わらなかった。

先代の親方の娘をもらった康蔵は、生まれた女の子のお米がそろそろ娘盛りになろうというのに、まだ女房のお竹がこわく、仕事で外出する昼間だけしか妾宅へは寄れないのだが、たまたま康蔵がきているときに、志ん太が使いの帰りなどで立ち寄ったりしては大変なので、路地からのぞける便所の前の手水鉢の上に、花色木綿の手ぬぐいを合図にかけておくことにしたのである。


息をはずませて急な石段を登り、人目をはばかって路地の奥にたどり着いたのもむなしく、親方の抱擁が進行中であることを告げる、染め手ぬぐいにさえぎられ、抜き足差し足で引き返したことも、一度や二度ではない。

そのときの悩ましさ、くやしさ、みじめさをこぼすと、

「あたしだって、目印を出しているときは、どんなにか」

と、すいのもつらがるようになった。

晩春のある日、道でばったり遇《あ》ったおさな友だちの勘助に誘われ、仕事を片づけて親方にも許しをもらい、茗荷谷《みょうがだに》の勘助の家へ飲みに行ったとき、おさななじみの気安さで、女が親方の囲い者であることは伏せながら、ついのろけてみせると、

「志んちゃんらしくもないつやっぽい話しだけれど、主《ぬし》ある女はほどほどにしとかないと、身をほろぼすぜ」

と、かつぎあきないの小間物屋をしている勘助は、広い見聞で得た実例を上げながら、真顔で忠告した。

「わかってるよ。おいらだってそんなこけじゃねえさ」

志ん太ももとよりそのつもりでいる。

勘助も知ってのとおり、すでに両親はいないが、いてくれたにしても、頼りにならないどころか荷物になるばかりの両親だったし、どういう事情でか、親類縁者らしいひっかかりもないらしく、この生き馬の目を抜く江戸で生きて行くには、ただ身につけた指物師の職だけしか、頼りになるものはない。

ありがたいことに、十三の年から神田司町《つかさちょう》の康蔵親方のところへ住みこんで、十年の年季を九年までつとめ上げてこられた。

お礼奉公をふくめても、あと二年がほどを大過なく送れれば、小規模ながら独立できるし、親方の引きで仕事も回してもらえる。

とくに、志ん太のような女に無器用な男にとっては、ありがた山のほととぎすのことに、一押し二押しなどやらなくても、親方にまかせておけば嫁もきてくれるのである。

しかし、身についた職といっても、職人渡世の秩序の中においてこそ、飯にも金にもなるのであって、秩序をはずれたところでは、乞食のお辞儀ほどの力もない。

いいかえれば、技術は直接生活を保証するものではなく、職人世界の成員として登録する手つづきにすぎず、職人世界の秩序からの公認が、生活を保証してくれるのである。

親方のもちものに手をつけるなどという、秩序にもとる行状が発覚しては、九年の辛抱が水の泡になるばかりか、職人世界では永遠にうだつが上がらないだろう。

お天道《てんと》さまと米の飯はどこへでもついて回ると、力《りき》んだところで、一度しくじったやつは、死ぬまで半端《はんぱ》職人でありあぶれ者であって、正規の世界には復帰できない。

「だから、もうそろそろこの辺で、棚からの牡丹餅を食った口もぬぐおうかと、思ってるとこなんだ」

「それがいい。過ぎたことにおしよ。あたしが臆病すぎるのかもしれないが、身分も金もない人間が、やっと身についた職をうしなうのは、とてもこわいことだからね。大きなお世話だと、気を悪くされちゃ困るんだが」

「なに、気を悪くなんぞするもんかな。おさな友だちなりゃこその意見だ。ありがたく聞いとくよ」

ほんとうに勘助のいうとおりだと、素直な気もちで運んでいた足が、いつの間にか指ケ谷町の方へ曲がっていたのは、酒のせいだけではない。

朧《おぼろ》月夜の屋根の上で、猫がさかっている。ぎゃあぎゃあぎゃあと、あたりかまわず上げる恍惚の叫びが、いかにもみだりがわしい。

あたりかまわずとはいうものの、もうあたりをかまってもいられないというのが実情らしく、

「おいおい。ほどほどにしとかねえと、今に下から竹竿か六尺棒でどやされるぞ」

と、志ん太は声をかけたが、彼自身もそんな状態になっているのだった。

すいのはびっくりしたが、うなりを上げるように頬の血の色を上らせた。

「きめを破ってすまねえ。ひと目だけでも顔が見たくてたまらなくなったもんだから」

志ん太が一応のわびをいうと、

「よしておくんなさいよ、すまねえだなんて。実はあたしの方もね、なんだか今夜は、志ん太さんがきてくれるような気がしてならなかったの」

「ほんとか？」

「いやだね。疑うのかえ？」

「疑うわけじゃねえけれど」

「ほら、こんなになっていたんだよ」

と、すいのは志ん太の手をとって、見かけによらずふくよかな、熱く濡れたひめやかなとこ

ろへみちびいた。

夜でも親方がくるかもしれないという危惧に刺激されて、二人はさかりの猫の貪欲さでむさぼり合った。

康蔵はきまって表の格子戸から入ってくる。格子戸をきちんとしめ、裏口のあおり戸をそっとあけておく。寝床も敷かずに抱き合っている。格子戸がたたかれたら、志ん太はあおり戸から音もなく出て、奥の家との庇間《ひあわい》から崖下伝いに墓場を通れば、安全に逃げられる。すいのは早寝していたていで、ほんの少し間《ま》をもたせてから格子戸をあければいい――。

そんな相談をしたのも、その晩のことである。

毒食らわば皿までという気もちに、二人ともなりかけていた。

今日の駒込団子坂の得意先は、孫娘の嫁入り道具を揃えている、大店《おおだな》の隠居である。ひまをもてあましている話し好きの隠居なので、志ん太はどうせ引き止められるならと、日が暮れてから針箱をもって行った。

しかし、今夜はやがて縁談の仲人がくるとかで、案に相違して止められず、早々に辞去することができた。

隠居の癖は親方も知っているから、帰りがけ遅くなっても怪しまれないし、

〈かなりの時は鯖《さば》が読めるぞ……〉

と、思ったら、たちまち体の中で熱い固まりがむくむくとふくれ上がり、それが彼の足を指

ケ谷町へ向けたのである。

ところが、夜だというのに、目印の染め手ぬぐいが出ている。

〈人に隠居の長話しの相手をさせときやがって……〉

志ん太は目を怒らせたが、いまいましさも身の安全には代えられない。

今にもがらりと格子戸か雨戸があいて、康蔵に見つけられてはかなわないと、へっぴり腰で路地を引き返した。


長い立ち小便をすませた酔漢が、口三味線で拍子をとりながら、石段をゆっくり降りはじめている。

相当な上戸《じょうご》らしく、かなりの酒量を思わせる体臭にしては、麻裏草履《ぞうり》の足もとも、千鳥足などではない。

と、それが、急に乱れはじめた。

見る見る、千鳥足どころか、夕方のこうもりのようなせわしない足どりになったと思う間もなく、膝の力ががくりと抜けた感じで空《くう》を踏み、前のめりに五月闇《さつきやみ》の底へ吸われて行った。

下の踊り場にたたきつけられた、鈍い音が聞こえたようだったが、見た勢いの感じでそんな気がしたのかもしれない。むろん、ぎゃあともぐうとも、声はしなかった。

たぐり寄せられる勢いで、しかし、暗い足もとは注意深く踏みしめながら、志ん太が降りて行くと、あおむけになった男の体が、踊り場の端にあった。

胸もとを手でゆすって、声をかけようとすると、ぽかっと男の口があき、酒くささにまじって、なにか肴《さかな》らしくない匂いもかすかにする息を吐いたが、それが最期の息だった。

頭でも強く打ったのだろうが、それにしてもあっけない死にかたである。

人間とはこんなに簡単に死んでしまうものだったのかと、志ん太は少しぼんやりしたが、背後からの人声でわれに帰り、立ち上がった。

通行人に見かけられて、下手人《げしゅにん》ではないかと疑われたりしては、とても間尺《ましゃく》に合わない。一歩でも余計に死体から離れておくに限る。

志ん太は足早に降りて行った。が、ぎょっと立ち止まった。下の踊り場に提灯が現れたのである。

ここの石段は稲妻形に折れ曲がっているため、白山坂から登ってくるのがわからず、いきなり踊り場の闇に湧き出たように見えたのだろう。

反射的にふり向くと、上から降りてくる人影はない。

すると、今の人声も、下からのものが石段わきの崖ではね返り、上からのもののように聞こえたのか、あるいは、思いがけない場面に遭遇した動転で、上下の錯乱を起こしたのか、それはどうでもいいとして、どうでもよくないのが、とるべき行動である。

提灯の二人づれは、こちらに気づいたらしい。

濃い五月闇でも、下から見上げれば、夜空を背景にした人影は、かなり黒々とはっきりわかるはずであり、身をひるがえして上へ逃げたりしようものなら、それこそ、

「どろぼう！」

とでも、叫ばれかねないだろう。

さりげなくすれちがってしまうにしくはない。

志ん太は実直な人間が道をゆずるていで、石段の端へ自然に寄りながら降りて行った。

汗ばんだ首筋でもふくように、手ぬぐいでこすって、顔を隠そうかとも思ったが、わざとらしくてはかえって注意を引くと考えなおし、たたんでもった大ぶろしきを、もちかえもしなかった。

提灯の二人づれは商家の主人と小僧のようで、足もとの照らしかたが高すぎるの低すぎるのと、主人は口やかましく叱っている。

志ん太とすれちがうとき、彼が道をゆずったことに、

「どうも恐れ入ります。こちらが気がききませんもので」

と、わびをいった主人は、一段ときびしく小僧を叱った。

「ばか。なにをしている。逆だ逆だ。引っこめなさい。全くもうこいつときたら」

それで小僧はますます度をうしない、志ん太の方へよろめいてきたはずみに、のけぞった志ん太の顔に提灯をつきつける形になった。

「これ！」

主人は小僧を引き寄せて頭をたたき、

「とんだ粗相をいたしました。どうぞ御勘弁を願います」

と、ぺこぺこあやまった。

それを背に聞き流し、どういたしましてという返答も、口の中であいまいにくもらせて、志ん太はもう小走りに遠ざかった。


神田の司町へ帰ってくると、ようやく胸の動悸も低まったが、親方の家へ入ったとたん、飛び上がりそうになった。

康蔵がいるのである。

「御隠居は？」

「細工がてえそう御意《ぎょい》にかなってお喜びで」

「そりゃあよかったな。どうしたんだ」

「いえ、別に……」

「案外早かったのに、くたびれたのか？」

「へえ、なんしろね、その……」

「御隠居の話し相手は、若え者には気骨が折れるからな。休むがいい」

「ありがとうございんす」

去年親方の家を出て、住まわせてもらっている、すぐ裏の長屋の四畳半に帰ったが、なかなか寝つかれない。

〈親方はあの家にいなかった……。じゃ、あの目印はなぜ出てたんだ……。それとも、親方はとうに帰ったのに、すいのが染め手ぬぐいをしまい忘れたのか……〉

だとすれば、寄らずに惜しいことをしたと、未練もわいてくるが、

〈いやいや、そんな甘《あめ》え了見を起こしてる場合じゃねえだろ？〉

と、彼は自分を叱った。

あの変死体が提灯の二人づれに発見されて、今ごろはもう付近一帯に探索の網が張られているにちがいない。

帰り遅れて、その網に引っかかったらどうなる。

そうでなくてさえ、現に、たとえ一瞬にもせよ、提灯にありありと顔を照らされているではないか。

もしあの通行人が、こちらの顔に見覚えのある人間で、あれは康蔵の弟子の志ん太だと思い出したら、いいのがれのすべはない。

駒込の団子坂から神田の司町へ帰るには、根津道《ねずみち》をまっすぐに池の端へ出ればいいのであり、わざわざいただき横町から中山道へ出て、白山坂から指ケ谷の石段を入っていたとは、あきら

かに大きな回り道である。

すいのの妾宅目当て以外でないことが、たちまち親方にばれてしまう。よもやあるまいが、万が一、すいのとの密通を親方が不問に付してくれ、職人の身分は保てたとしても、町人としての、稼ぎ人としての転落は、止めようがあるまい。

下手人の嫌疑で、番所にしょびかれ奉行所に召し出される。御吟味は半日がかり一日がかりだから、すぐ収入にひびく。何度も立ち合わされれば、家主・五人組などの町役《ちょうやく》や近所の者どもも迷惑がって、弁護をしてくれなくなる。

あげくのはてに、嫌疑は晴れ、一件落着、めでたしめでたしとなっても、現実はそうきれいに収まらない。

やっぱり火のないところにけむりは立たないのさ、日ごろの身状《みじょう》が悪いから疑われもするんだ、とんだかかわり合いになっちゃつまらないから近づくなと、後指をさされて、世間から孤立し、とめどもなく転落して行った男の実例を、志ん太もいくつか知っている。

「渡る世間に鬼はない」といわれるその世間が、「渡る世間は鬼ばかり」になる恐ろしさが、骨身にしみている、貧しい弱者の育ちなのである。

また、日ごろはついうかうかと見のがしているが、ふと気がつけば、至るところに地獄への穴が黒々とあいているのが、江戸のような大都会なのだった。

だからこそ、市井《しせい》の弱者たちは、「義を見てせざるは勇なきなり」とか「情《なさけ》は人のためならず、めぐりめぐりておのが身のため」とかいう様子のいい生きかたは、芝居やものがたりの世界の人物にまかせておき、かかわり合いにならないことをもって、金科玉条としているのである。

〈それなのに〉

と、志ん太はおのが軽挙をくやんだ。

おさな友だちの勘助に泣きついて、あの夜団子坂でばったり遭って飲み、深酔いした勘助にめちゃくちゃにつれ歩かれた末に、あのあたりでようやく別れたばかりのところだったというふうにでも、証言してもらおうか。

それともいっそ、兄弟子の武一に頼みこんで、女との仲を申し開く上での、銀流しらしい悪知恵を伝授してもらうか。

しかし、志ん太ぐらいの虫けら同然の男が、どうじたばたしようと、「お上」の峻厳な目をくらますことが、できるわけのものではない、という気がする。

翌日から親方の家で、つとめて変わりなくふるまったが、志ん太は「お上」と「世間」の黒い影におびえて、生きた空もなかった。

「だれかさんのお蔵《くら》に火がつきそうだ。だれかさんのお蔵に火がつきそうだ」

近江屋の裏の原っぱで遊んでいる、子どもたちの声が聞こえる。

志ん太もおさないころよくやった隠しごっこで、ある子どもがものを隠した場所を、鬼が発見しそうになると、みんながいっせいにはやすのである。

ときには鬼がかえって惑乱してしまうこともあるが、たいていは誘導されるように近づいて行くもので、近づかれた子どもの心痛ははなはだしく、もう二度とこんな遊びはしないから助けてくれと、神仏に祈ったりした。

その「だれかさんのお蔵」である。

子どもたちにはそんな意識がないにきまっているが、自分にあてつけているように志ん太には感じられ、飛び出して行ってなぐりつけてやりたいくらい、いらいらした。

だが、女房をけむたがって、板の間の仕事場にばかりいる康蔵も、居間で娘を相手に、役者のうわさや近所の女の棚おろしをくり返しているお竹も、二階に住みこんで適当に骨を盗んでは、小づかいの捻出に憂き身をやつしている三人の内弟子も、志ん太に不審な目を向けはしなかった。

そんな日が十日近くもつづいて、

〈とりこし苦労の一人相撲だったのかな……〉

と、緊張をゆるませかけた志ん太は、のけぞるほど肝をつぶした。

嘉平という岡っ引きが、ひょいとのぞいたのである。ただし、康蔵が目当てだった。

お竹とお米は堀切へ菖蒲《しょうぶ》見物に行き、三人の内弟子もそれぞれ用事で出払っていて、仕事場には康蔵のほかに志ん太しかいなかったが、嘉平は目くばせで康蔵を呼び出し、格子先でたずねた。

志ん太の立てた聞き耳に入ってくるところによると、指ケ谷町の石段で不審な死にかたをした男があるのだが、あの辺にくわしい康蔵になにか心あたりはないかと思って、聞きにきたのだという。

「いやだなあ、親分。あっしがあの辺にくわしいだなんて」

「だって、なじみがいて、よく通ってるんじゃねえか。蛇《じゃ》の道は蛇《へび》だぜ」

「勘弁しておくんなせえよ。お竹の耳にでも入ったら、あっしゃあとても……」

「心得てらあな。そんな野暮なまねはしねえから安心しろ」

「どうかお頼《たの》う申します」

嘉平はねばっこい声で低く笑って、

「そのかわり、どんな些細なことでも、思いあたったら教えてくんなよ。この男ってのは札つきの悪《わる》だったんだ」

「へえ、そうなんですかい」

「死んだら強飯《こわめし》をたいて祝ってもいいやつなんだが、そうも行かねえのが、死にかたが気に入らねえからなのさ」

「どんな……」

「頭を強く打ってるんだが、だれかに突き落とされたふうでもねえ。よし、かりにそんな下手人があったとしても、やみやみと突き落とされるようなやつじゃねえのよ」

「じゃあ、よっぽど酔ってて、石段を踏みはずしたとか……」

「うん。かなり飲んでいるんだが、一升やそこらの酒で足をとられるくれえの、尋常な飲み助じゃねえんでな」

「そんななんで」

「だから、それほどふらつくには、どこでどう飲んだのかを知りてえわけなのよ」

「なるほど」

「頼むぜ、親方」

「かしこまりました。やつのことさえお竹に内緒にしてくださるんなら、なんとか思いめぐらしてもみましょう」

嘉平が帰って行くと、康蔵は仕事場へ入ってきて、

「お竹には黙ってるんだぞ」

と、苦笑まじりに命じてから、肩を落としてつぶやいた。

「やれやれ、全く世の中ってやつは、どこにどんな災難がころがってるか、わからねえもんだぜ。これだから、夜分あそこへ行かなくてよかったよ。とんだかかわり合いになるところだっ

たぜ。鶴亀鶴亀」

どうやら自分は見とがめられていなかったらしいことがわかって、志ん太はひとまずほっとしたのだが、そんな志ん太を信用している康蔵のもらしたつぶやきで、志ん太はあっと思った。

〈あの晩、親方がすいのの家にいなかったのは、うそじゃねえ……〉

では、あの花色木綿の手ぬぐいはなんだったのだろう。

粗忽ではないすいのが、ほかの手ぬぐいとまちがえて、目印をかけるなどということが、万に一つもあるはずはない。

〈とすると……〉

あの夜帰ってきて、康蔵の姿を見たとたんにちらりときざしながら、もっと大きな恐怖にまぎれて止まっていた疑念が、にわかに泡立ちはじめた。


すいのは川越の医者の娘だったと、志ん太は聞いている。

川越は譜代大名松平侍従の領地だが、浅草花川戸へ水上三十六里の定期航路川越夜舟をもち、江戸との交流がすこぶるしげく、町のたたずまいまで小江戸と呼ばれるおもむきを呈している土地柄である。

家具・調度のたぐいも江戸風を重んじているから、江戸の職人は厚く遇されるのだが、康蔵もその一人で、百味簞笥を引き受けた縁から、木崎重庵という医者と親交を結んだ。

妻に先立たれた重庵は、一人娘のすいのをいつくしんだが、医者の不養生がたたってか、病いを得て死ぬとき、康蔵にすいのの行く末を託した。

康蔵は快諾し、江戸で立派に嫁入りさせると約束して、指ケ谷町の路地奥のしもた屋に住まわせたが、しばらく面倒を見ているうちに、人手に渡すのが惜しくなり、つい処女を奪って自分の囲い者にしてしまったのである。

もう四年も前のことだった。

以後、七八日に一度くらいのわりあいで、お店《たな》への挨拶回りだ、無尽《むじん》の世話だ、仲間の寄り合いだという外出にかこつけ、康蔵は妾宅へ通い、昼間から雨戸をしめさせ、権高《けんだか》な女房で満たされなかった鬱憤をはらすように、むごたらしくすいのの体をもてあそぶ。

すいのは人形になった気で抱かれているのだと、志ん太に語った。

だから、自分を人間らしく扱ってくれる志ん太の心根がうれしく、われながら気ちがい沙汰とさえ思えるほど、激しく燃え上がったのだといい、

「うまくいうぜ。人形身《にんぎょうみ》でいたって、たまにはほんとによくなっちまうこともあるくせに」

「なぜそんな毒のあることをおいいだろう」

「おいらとの逢う瀬をふやさねえのが、なによりの証拠じゃねえか」

「だって、そりゃ、長つづきしたいから」

「竿さばきが達者なんだよ。おかげでこちとらあ、阿漕どころかすりこぎのようだ」

と、志ん太も憎まれ口をたたくような仲に進んでいる。

翌々日、志ん太は康蔵の使いで指ケ谷町へ行くことになった。

来月の手あてをとどけなければならない月末なのだが、康蔵がお竹と嘉平の目をはばかったためである。

なかば公然とすいのと逢えるうれしさの半面、とり返しのつかない深間《ふかま》にはまりこみそうなためらいも覚えながら、恨みはいいたし疑念はただしたしの欲に負けて、妾宅をおとずれた志ん太が、目印の件を切り出すと、

「まあ、やっぱり」

すいのは一瞬顔をこわばらせたが、慨然と長大息した。

「やっぱりとは！　それじゃあ！」

と、志ん太が色をなすのを制して、すいのがおこなった釈明はこうだった。

昼間から川越時分の友だちのとつぎ先へ遊びに行き、いつも出入りの女あんまに留守番を頼んだところ、女あんまが手水鉢を使ったとき、白手ぬぐいを縁先の土に落として汚したので、合図用とは知らずに、染め手ぬぐいをかけたのだそうである。

友だちのところで、久しぶりだからと引き止められて一泊し、翌朝帰ってきてそれを聞き、女あんまを叱りつけるわけにも行かなかったが、志ん太がきたのだったらどうしようというようすまなさで、まず胸がふさがったのだ、とすいのはいう。

「ふうん。ま、つじつまは合ってるな」

「あたしを信用しないというの？」

「そうじゃねえけどさ」

志ん太としては、すいのがあの晩この辺に人死《ひとじ》にがあってと語り出したら、親方のところへも岡っ引きの聞きこみがあったと告げて、話し合おうと思っていたのだが、すいのはいい出さない。

釈然とせず、今日は使いだけと腰を上げた志ん太に、すいのは無言でむしゃぶりつき、神経のささくれだった志ん太も異常にたかぶって抱き合い、肝心の要《かなめ》をつっこみそこなったまま、帰ってきてしまった。

報告を受けた康蔵は、志ん太とすいのの仲などつゆ疑いもせず、妾宅に探索が及んでいないことに安心した。

志ん太はちょっぴり勝利感を味わったが、すいのへの疑念は深まるばかりである。

出入りの女あんまがあることなど、今まで聞いたためしがない。

川越時分の旧知には、妾の境遇を恥じて、つき合わずにきたはずである。

しかし、そこから先のことになると、志ん太の推量はかすんでしまい、逆に炎でいまわしい秘密を焼きつくそうとするような、すいのの熱い触感ばかりが、まざまざとよみがえるのだった。

翌日の夕方、銭湯の帰りに、志ん太は嘉平に呼び止められ、思わずすくみ上がったが、尋問は志ん太に関してではなく、康蔵のあの晩の所在についてである。

自分は使いで外出していたが、康蔵の独白やお竹とお米の会話などの内容から、康蔵はずっと在宅だったと思われると答えると、貸家札のななめに貼ってある空家につれこんだ嘉平は、

「ここだけの話しだがな」

と、ねばっこい声を低めた。

変死体の袂《たもと》から出た、煙草入れの前金物《まえがなもの》が、いつか康蔵が嘉平に自慢して見せたことのある、宝船とそっくりのものだというのである。

七福神を克明に彫りこんだ精巧な宝船で、めったに同じものがあろうとは思われない細工だから、気になってならないのだと嘉平はいい、

「おれも長えつき合いの親方を、縄つきになんぞしたくねえんだが」

と、おどしを加えた。

その宝船の前金物なら、康蔵が妾宅にいたとき、煙草入れからとれたのを、すいのが自分の紙入れにつけたいとねだって、長火鉢のひきだしに入れたものであることを、志ん太は知っていたので、口もとまで出かかったが、すいのとの仲をさとられると気づいて飲みおろし、もっぱら康蔵の在宅の確実性を強調した。

嘉平は冷やかな目つきで聞いていたが、堅く口止めをして立ち去った。

「だれかさんのお蔵に火がつきそうだ。だれかさんのお蔵に火がつきそうだ。わあいわい」

近江屋の裏の原っぱで、今日も子どもたちが遊んでいる。

耳をふさぐようにして、空家にうずくまった志ん太は、くらくらと目まいを覚えた。

だれかさんのお蔵についた火は、恐怖の火から嫉妬の火へと変わっていたのである。

あの酔漢はすいのの家から出てきたのだった。

黒板塀に向かってふっていた腰つきは、すいのとのまじわりを模したしぐさなのだった。

酒樽の飲み口を抜いたように、どくどくと威勢よく出るという表現は、小便ではない液体の形容なのだった。

酒くささに加えて発散した、みだりがわしい匂いは、すいのの体からまぶしてきたものなのだった。

〈じゃ、すいののやつは、あの男に抱かせるために、染め手ぬぐいでおれに足止めを食わしたのか……〉

じとじとと降り出した五月雨《さみだれ》の雨足を眺めていた志ん太は、やがて小走りに帰って行き、一日の片づけをすませると、康蔵を目顔でうながした。

「うっかりしてた。尾張屋さんが新築の離れに作るはめこみ箪笥、寸法どりをしなくちゃならなかったんだっけ。志ん太、いっしょにきてくれ」

お竹の手前わざわざそういって家を出て、近所のそば屋で志ん太と差し向かいになった康蔵は、煙草入れの前金物の件で嘉平に目をつけられていることを聞くと、鳥肌立った顔になった。それでも、前金物が妾宅の長火鉢のひきだしにあったことは、志ん太が嘉平にはもらさなかったことを知って、すがりつくように、

「どうしたらいい」

と、顔を寄せた。

「白《しら》を切り通すんですよ。あれはもうかなり以前に、もげ落ちたらしくて、どこかへ紛失したきりだとかって」

「そんなことぐれえで、いいぬけられるだろうか」

「あれは腰元彫りの彫師に別あつらえしたほどのものじゃありますめえ？」

「かつぎあきないの小問物屋から、煙草入れごと買い上げただけのしろものさ」

「じゃ、茗荷谷の勘助から買ったことにして、勘助に口裏を合わせてもらいましょう。この手のものはざらにありますって。あっしが吹きこんでみます」

「そ、そうしてくれるか。すまねえな」

と、康蔵は志ん太の弟子入り以来はじめて頭を下げた。

燗酒をとり寄せ、宙に目を遊ばせながら、しばらく無言で飲んでいたが、

「これをきっかけに、あれとも切れよう」

ぽつりといって目を伏せた。

「指し合いが狂ってがたがきたり、身も蓋もなくなったりしちゃ、指物師はお笑い草だからな」

卑屈な苦笑を浮かべた。

志ん太はもう勝利感を味わうどころではなかった。

江戸のまんなかの神田司町に、借家ながらも一戸建ちの二階家を構え、弟子の四人ももった、指物師としては羽ぶりのいい方の康蔵でさえ、この弱さである。

妾宅の長火鉢にあったはずの前金物を、死んだ男がもっていた。

わざわざ忍びこんだ盗人なら、そんなものだけをとるはずがない。

すいのがそれを与えた人物か、少なくとも、すいのが警戒しない人物でなければならないだろう。

とすれば、どうしても情夫《いろ》である。

志ん太の目には、長火鉢の差し向かいで話をしながら、ひきだしをあけたりしめたりしているうちに、中のものに気づいて、いたずらっ気でくすねる、ぬけぬけとした男の様子が、浮かんできてしまうがない。

親方も、そのくらいの想像はしているにちがいないのに、嫉妬をも起こさずに縁切りを思い立つ。

あるいは、嫉妬は起こしたのかもしれないが、そんなものに足をとられて、しおどきをうしなうまいとする。

それが堅気の職人の、保身の分別というものなのだろう。

まして、吹けば飛ぶような半端職人の志ん太ごときは、火遊びなど一刻も早くやめなければならないのである。

どうやらあの晩は、通行人に顔を見覚えられなかったらしいのをさいわいに、もう金輪際あの女には近づくまいと、志ん太は決意を固めた。

翌日は、お米が常磐津《ときわず》の稽古に行ってしばらくすると、五月雨が降ってきた。

ふだんなら、こんなことは下の弟子がやるものだが、志ん太はちょうど手がすいたし、気晴らしもしたいからと、お迎えの役を買って出て、傘をもって町師匠の家へ行った。

「珍らしい。だから雨が降るんだよ」

お米は憎まれ口をきき、並んで帰ってくればお竹も、

「どうみても道行じゃないね」

と、からかったが、二人とも機嫌はいい。

これからはせいぜい機嫌をとりむすんで、お米を嫁にもらうようにしてやろうと、志ん太は考えたのである。

おちゃっぴいで不器量で、いやな娘だが、目をつむっていればすむ。

あの夜以来の生きた空もない思いにくらべれば、どんなに平凡で退屈なものでも、安穏無事

の方がましだと、分別したのだった。

しかし、そんな分別はもろくも崩れたのである。

泥のはねをふく雑巾がよくゆすいでないと、お米が騒ぎ、うるさがったお竹が、用簞笥から使い古しの手ぬぐいを出してほうった。

花色木綿だった。

不器量ながら白いだけは白いお米の足の肌に、薄い藍の縹色《はなだいろ》がよく映り、志ん太はどきりとして、目を離そうとつとめたが、縹色はますます鮮やかに焼きついた。

〈あの女に情夫《いろ》の一人や半分あったって、おれがとがめ立てできる筋はありゃしねえ〉

と、志ん太は二階棚を指し合わせながら首をふった。

現に、彼自身が親方の目を盗んで火遊びをしたのである。

だから、親方と彼を手玉にとった上、情夫の一人や半分を、出合茶屋へでも妾宅へでも引っぱりこんで、適宜にたのしむがいい。

しかし、と志ん太はうめくように思う。

〈なにも、おれにしか通じねえ目印で、おれだけを足止めして、いちゃつくことはあるめえじゃねえか〉

てんからばかにしきってからかっている、としか思えないような仕打ちが憎かった。

「だれかさんのお蔵に火がつきそうだ」

子どもの遊びというものは、なにかのはずみで熱に浮かされたように盛んになるもので、雨の中でもやっている。

親にも叱られる覚悟でなお興奮するのか、はやしかたがいつもより騒々しく、近江屋の裏の原っぱなのに、ついその横町でやっているように、声が志ん太の耳につきささってくる。

「だれかさんのお蔵に火がつきそうだ。わあいわい」

雨足が衰えないまま日が暮れた。

仕事をしまった志ん太は、茗荷谷の勘助のところへ遊びに行くといって出た。

親方は例の工作に行ってくれるのかと思い、勘助との飲み代を小づかいにくれた。

未練があって逢いに行くのではない、人をもてあそびあなどったことを責め、びり女郎やあばずれ芸者のようにくさった性根をののしり、縁切りを申し渡し、打擲《ちょうちゃく》・足蹴《あしげ》にでもしてやりにいくのだと、志ん太は自分にいい聞かせながら、ぬかっている暗い道をびしゃびしゃ歩いて行った。

「なにが『阿漕はつつしみましょうね』だ。人をこけにしやがって」

上がりがまちに腰をかけて、志ん太が切り出すと、

「どこでそんなに悪酔いしてきたの？」

と、すいのは笑い、手をとって引っぱり上げようとしたが、少しも飲んでいないらしい様子

に、不安を感じて手を放した。

志ん太は怒りにまかせて立てつづけに、先夜の路地から石段へかけての事態、嘉平の探索状況と証拠物件、康蔵の離別の意思表示などをぶちまけて、すいの不実をことばの限りののしった。

黙ってうなだれていたすいのは、うっと顔をおおい、茶の間に駆けこんで、倒れ伏しざま号泣しはじめた。

「へん。今ごろ空涙《そらなみだ》なんざ通じるもんか」

志ん太は腕を組みなおしたりしていたが、泣きかたがいかにも尋常ではない。

悲鳴を上げてのたうち回り、胸をかきむしり畳をたたくのである。

「どうかしたのか……。おい……。泣いてばっかりじゃわからねえじゃねえか……。いうことがあるんならいってみろよ……。やい……。一体なんなんだったら……」

と、志ん太は上がって行った。

濡れたぼろ雑巾のように、くたくたになったすいのが、髪はほつれたままに、ときどき、

「ああ……いや……」

と、いったふうに顔をしかめて首をふりながら、鼻につまった涙声で語ったのが、こんな経緯《ゆくたて》だった。

実はすいのは父親の死ぬ前、川越で処女を奪われている。

相手は川越夜舟の船頭で、場所は新倉河岸の薪《たきぎ》小屋の中である。

清吉というその船頭は、江戸の花川戸との三十六里を股にかけた、ばくち兇状でも知られるごろつきだが、女にかけてはただ強いのが自慢の腎張《じんば》りで、量ばかりを誇り、酒樽の飲み口を抜いたように威勢よく出るというのが口ぐせだった。

すいのはつけ回されて、半月おきぐらいに四度も犯されている。

五度目に及ばれようとしたとき、父親が死んで、康蔵に江戸へ引きとられたため、清吉の魔手を脱することはできたが、身ごもっていた。

くやし泣きしながら、秘伝のおろし薬を調合して子種を流した。木崎重庵は一人娘に、薬学を伝授していたのである。

重庵愛用の百味簞笥をたずさえて江戸へ出たすいのは、間もなく康蔵に抱かれたのだが、女房がこわくてあまり女を知らない康蔵あたりに、処女と思いこませるくらいは、すいのには造作もないことだった。

命は助けられたが、女心は救ってもらえなかった。康蔵はただ女房への腹いせのように、反応の敏感なすいのの体を、もてあそぶだけだった。

それでも、あのいまわしい過去に引きもどされるよりはと、すいのは人目をはばかってあまり外出もせずに、人形身の明け暮れに甘んじていた。

「だから、志ん太さんが人間らしく扱っておくんなすったとき、あたしはほんとうに、はじめて女に生まれてきたと思えたんです」

阿漕をつつしんだのも、うそいつわりなく、許されない恋を少しでも長つづきさせたかったからであり、万に一つ康蔵に許されたとしても、志ん太が独立してからでなければ添えないし、それまでは情炎が燃え盛るあまりに、志ん太の年季のつとめ上げに破れが生じてはならないと思ったからであると、すいのはすすり上げながらつづけるのだった。

女あんまに留守を頼み、川越時分の友だちのとつぎ先へ遊びに行ったというのは、あの日の前日のことである。

それも、女あんまのおしゃべりから、偶然に友だちの消息がわかったもので、昔なつかしさについふだんの用心をうしない、のこのこと浅草まで出かけたのが運のつき、花川戸から上がってうろついていた清吉の目に止まり、あくる日あとをつけてこられ、押し入られた。

こばめば殺されそうなので、やむなく抱かせることにしたが、

「ほかのだれに知られても、親方に知られても、お前さんにだけは知られたくなくって……」

染め手ぬぐいを手水鉢の上にかかげたのである。

お手のものの一服盛りで死んでしまいたいほどくやしかった。

だが、もう一度だけ志ん太に逢いたいという未練が出て、死ねない。

そこで清吉に、こうなった以上はしげしげ通ってかわいがってくれともちかけ、酒をすすめると、清吉は腎張り自慢でまた酒樽の飲み口を抜いたが、おつもりの一杯と最後にすすめた湯

のみに、すいのはひそかにしたたかな秘薬を盛った。

目がくらみ膝の力が抜けるが、嘔吐も苦悶もせず、かすかな匂いのほかは、ほとんど痕跡を残さない劇薬である。

今夜はこれから旦那がくるから、またきてくれと送り出された清吉は、すいの処方どおり薬効があって、石段の中腹で死んだ。

計算どおりには行かなくても、急に膝の力が抜けてのめり、頭ぐらいは打つので、やたらに坂の多いこの界隈なら、どこでも効果は上がるだろう。

越後屋という質屋の主人と小僧が死体を発見し、日ごろ静かな一帯も騒がしくなったが、死因は確認されず、泥酔の転落事故で片づけられたらしい。

「長火鉢のひきだしから前金物をもって行かれたのは、ちっとも知りませんでした」

語り終わったすいのは、またひと回り小さくなったように見え、

「飲まずにはいられねえ。冷でいいからくんな」

と、志ん太は酒を求めた。

崖下あたりで、水鶏《くいな》がほとほと戸をたたくように鳴いている。

それさえ、人目をしのぶ逢い引きの、あれやこれやを思い描かせて悩ましく、志ん太が乱暴に湯飲みを傾けると、泣き疲れて白粉《おしろい》のところはげになったすいのが、じっとすまなそうに見守るのだった。

なまあたたかい五月雨の雨洩りが、じんわりと壁にひろがって行くように、激情を過ぎたやさしいいたわりの気分が、徐々にただよい出る、そんな長い沈黙があった。

もう少しで、なにか、ほんのちょっとしたきっかけがありさえすれば、いまわしさやのろわしさは、五月雨に流されてしまいそうだった。

しかし、尿意を催したのが先で、志ん太は便所へ立った。

朝顔形の便器の底に敷いた杉の葉に、音をさせたとき、志ん太は叫びそうになった。

黒板塀に向かって立ち小便をしていたあの男の、いかにも腎張りらしい腰のふりかたが、突然よみがえったのである。

納得はできても承知できないということがある。すいのの語った重ね重ねの被害は、事実として納得できるし、大いに同情もできる。しかし、それでもなお、男に体をもてあそばせてしまう、すいのという女のもろさが、志ん太にはどうしても承知できない。

手水鉢の上の手ぬぐいの白も、二人のあいだに生じてしまってもうどう埋めようもない、亀裂の大きさに見えた。

「安心しねえ。前金物のことは親方も白を切り通すだろうし、おいらも黙り通すから」

と、いいながら志ん太は茶の間を通りすぎた。

「そんなことより」

すいのは追ってきて、あとは目で聞いた。志ん太はゆるく首をふった。すいのがまた目ですがったが、志ん太は気強く玄関の土間へ降り立った。

「もうだめなの？」

志ん太は答えなかった。

「火遊びにすぎなかったというんですね？」

吐息につづいて、では別れにせめてもうひと口飲んでいってくれと、すいのは背後からいう。

志ん太はうなずき、上がりがまちに腰をかけた。

ふり向くと情《じょう》が移りそうで、格子戸をにらみつけていると、肩口から湯のみが出た。

ひと息に飲みほして立ち上がった。

「いい思いをさせていただいて……ありがとうございました……」

すいのの語尾がわずかにふるえた。

「達者でな」

ふり向かずに路地を出ると、雨足は少し横なぐりになっている。

傘を傾けなおして石段を降りて行くと、背後に迫ってくる小走りの足音がして、

「相違あるめえな？」

「ええ、確かに」

切迫した声が聞こえた。嘉平と越後屋の小僧の声らしい。路地に張りこんでいたのだろう。

〈いけねえ。かかわり合いになる〉

反射的に逃げ出そうとした。胃からつうんと鼻の奥へ上がってくる匂いがあった。

先夜の男の最期の息にまじっていた匂いだと、志ん太が気づいたとたん、かくんとたわいなく膝の関節の力が抜けて、彼の体は五月雨の闇にほうり投げられていた。

落下しながら志ん太は、

〈だれかさんのお蔵に火がつきやがった……〉

と、思った。

周囲の闇が真っ赤に燃えていた。

志ん太の体から少し遅れて、なんのかかわり合いもなさそうに、開いたままの番傘が、ふわふわと落下して行った。

世の中じゃなあ

「実にどうもふざけた世の中だ」

家主《いえぬし》の清兵衛が、路地の木戸をあけながら、ひとりごとめかしていう。

「白壁町《しらかべちょう》じゃ、古女房が魚屋の世辞に笑ったのを焼いて、なぐり殺した大工がいるかと思やあ、金剛寺の門前じゃ、わが子の夜泣きをうるさがって、神田上水に投げこんだ女がいる」

「へえ。今日ですかえ?」

と、半助が応じたのには答えず、

「今年ゃ春から地震もしきりだし、どっか狂ってやがるんだ」

そんな時節に、しょっちゅう四つ過ぎに帰ってきては、家主を起こして木戸をあけさせる行状を、なじっている口調だから、

「重々気をつけます。相すみません。お休みなさい」

へたないいわけは藪蛇《やぶへび》と、二つ三つあわただしく頭を下げて、半助は長屋の一番奥の住まいに入った。

多くの家主がそうであるように、この小石川金杉水道町の裏長屋を差配する清兵衛も、

〈とかく長屋に事なかれ〉

で、芝居者だの芸人だのという、とかく事を起こしがちな人種を住まわせたがらないので、半助もまだ前職の貸本屋のふりでいるのだが、どうやら悟られているらしい。

それはそうだろう。

貸本屋といっても、借り荷の背負い商いで、得意回りが終われば、荷は親店にあずけ、弁当包み一つをもち帰るくらいだったから、姿は大差がないようなものの、風呂敷にくるんだ拍子木の約八寸という長さは、注意深く脇の下にかかえこんでいても、弁当包みとはまぎらわしにくいのである。

「実にどうもふざけた世の中だ。どっか狂ってやがるんだ」

と、家主の口まねをしながら、半助は蚊帳《かや》を吊ったままの寝床にひっくり返った。

「そりゃこっちのいうせりふだよ」

家主の使う〈世の中〉とはちがうものながら、やはり〈世の中〉ということばが、安酒の酔いとともに、胸をいがらっぽくする。

「世の中ということばを覚えとくんだな」

と、立作者の中村重助にさとされたのは、去年の秋である。

芝居は小僧時分から大好きで、双子《ふたこ》の着物に盲縞《めくらじま》の前掛けをしめ、うず高い風呂敷包みを背負い歩く、借り荷の得意回りに独立してからも、乏しいかせぎをさいては、大入り場で熱心に立ち見をしたものだが、幕内の実態にはおよそうとかった。

そんな、いわばずぶのしろうとが、狂言方《きょうげんかた》の見習になったのは、やむにやまれぬあこがれから——などではない。

貸本屋に奉公すると、

「門前の小僧、習わぬ経を読む」

で、読み書きができ、雑学も身につく。

半助は飲みこみのいい方で、その雑学を新板《しんぱん》の荒筋の説明に生かし、客の好みを察して見計らいものをもって行く、気働きもすぐれていたから、大店《おおだな》の奥や妾宅《しょうたく》・隠居所・寮、芸者置屋や女郎屋、髪床や湯屋といった得意に、受けがよかった。

浅草御蔵前《おくらまえ》の青柳屋という札差《ふださし》の隠居にはとくにかわいがられ、根岸の隠居所に足しげく出入りするうち、

「お前は話しの運びや味つけがうまい。それに芝居にもくわしいから、どうだえ、いっそ狂言作者になっちゃあ」

にこにこと、そそのかされたものである。

半助も身のほど知らずに、戯作者《げさくしゃ》を志したことがあり、商売ものの人情本・滑稽本・黄表紙・草双紙・読本《よみほん》などを手本に、ものがたりを習作したところ、形にも様にもならず、おのれの文才のなさにあきれ返って、ひとりうろたえたくらいだから、自信はまるでない。

しかし、

「天下の千両役者を人形のように動かして、大入りの見物を手前の題向でうならせるんだ。こりゃこたえられないよ」

といわれると、確かにそうだろうと思え、

「地の文章がものをいう戯作と、せりふが命の正本《しょうほん》（台本）とじゃ、筆づかいも仕組みもちがうじゃないか」

と、いわれると、なんとかなりそうな気がしてきた。

その上、

「実はあたしも若いころは、縞ものの着流しに献上博多《けんじょうはかた》の帯を掛け長《なが》に結んで、緋縮緬《ひぢりめん》の襦袢《じばん》の袖裏かなんかをちらつかせて、幕切れの拍子木の出打ちをする、あのいきな姿にあこがれたことがあってね、家出までして幕内に飛びこんだもんだが、すぐつれもどされちまったのさ」

と、聞いて、隠居の果たせなかった夢を果たしに行くのも同じだとすれば、しくじって帰ってきても、隠居が知らん顔をすまい、飯の食いはぐれはなかろうと、助平根性まで起こしてしまったのが、もののまちがいだったのである。

だから、去年の九月、隠居所出入りの仕事師の橋渡しで会った中村重助のさとしも、真《ま》に受けなかった。

重助のいう〈世の中〉とは、芝居道で使う隠語の一種で、きわめてむごたらしい門閥制度を素直に肯定し、その中での保身に甘んじる、あきらめの念を意味する。

もし、このあきらめを忘れて、実力次第などという野心を起こしたら、必ず身をほろぼす。長いあいだの経験によるわきまえだが、思い切っても凡夫心で、ときどきは悲鳴を上げたくもなる。その悲鳴を、芝居の愁嘆場でよく使われる、

「はて、ぜひもなき世の中じゃなあ」

などというせりふから抜いた〈世の中〉に、こめているのだろう。

いかにも芝居者らしい隠語だが、生涯下積みにきまっている名題下《なだいした》以下の役者ならともかく、作者がそんなあきらめをもつのは卑屈だと、素人の強みで、半助は内心重助の無気力を軽蔑した。

狂言作者にも身分がある。

立作者を頭に、二枚目三枚目の作者、大芝居の一座なら四枚目五枚目の作者もあり、その下に数人がいる。ただし、実際に台本を書くのは二枚目三枚目の作者までで、それ以下は稽古と舞台の進行に従事し、狂言方と呼ばれる。

その狂言方の見習に、十一月の河原崎座の顔見世興行から採用され、重助につれられて幕内お目見得に回った半助は、早速いわゆる〈世の中〉の実態に突き当たった。

座頭《ざがしら》の三代目坂東三津五郎は寛大な気性、立女形《たておやま》の五代目岩井半四郎は温厚な人柄で、

「しっかり修業しねえ」

「いい作者になっておくんなさい」

と、いってくれたが、若女形の五代目瀬川菊之丞は、

「上方《かみがた》でうなぎの頭の焼いたやつを半助という、あれだな？　うな重の弟子で半助とァしゃれてるじゃねえか」

のっけから毒のある声音である。

「いいえ、あの、本名で」

「本名だと？」

鏡台からふり向いた白塗りの顔が、舌なめずりでもするように笑み崩れて、

「なるほど、半間《はんま》な面《つら》をしてやがら。こいつァたのしみだ。そのまま作者名にするがいいや」

と、半助の全身に這わせた目の色が、ぞっとするほど残忍だった。

〈おれはこいつのために、苦しみ通しになるんじゃないだろうか……〉

そうした不吉な予感にはおかまいなく、重助はへらへらと笑って、菊之丞の意を迎えた。

普通、見習修業二三年で狂言方に昇進でき、さらに二三年で一応の序幕や端場《はば》ぐらいは書けるようになる。生涯狂言方で終わる者も多いが、それは才能と努力がないからで、才能と努力があれば、どんどん出世できる。

だから、狂言作者にとって、作者の道自体は、必ずしも絶望的な〈世の中〉ではない。〈世の中〉なのは、役者との力関係なのである。

上方の近松門左衛門、江戸の津打治兵衛らの昔は、座元はまず立作者を迎え、その希望に従って新年度の座組みをきめたというほど、作者の権威は大きかった。

狂言も作者の思いつきのままで、役者の御意《ぎょい》をうかがったりなどはしない。のびのびと書けるから、正本《ほん》に力がある。見物を魅了する舞台が生まれる道理で、名作が相ついでいる。

宝暦の金井三笑は、本読みの席へいつも長い刀を差して行き、読み終わるやいなや柄を握って、不満があるなら切り捨てるぞとにらみ回し、わがままや仕勝手を封じこめたという。

享和の二代目並木正三は、小屋は城郭、役者は勇士、作者は軍師なのだから、机に向かうときは三千世界はわがものと思い、役者を手足のように使え、気がねしていては筆がすくみ、見物という大敵に勝つことはできないと、堂々たる所信を披瀝《ひれき》している。

しかし、そういった作者の権威は、座元や金主が、芝居興行の第一条件を、役者の人気に置くようになるにつれて、失墜した。

役者に敬意を払われているのは、わずかにこの七月の中村座に『東海道四谷怪談』を書きおろした鶴屋南北くらいのもので、あとの立作者や二枚目三枚目の作者は、お好み次第の仰せ書きに汲々《きゅうきゅう》としている。

それ以下の作者に至っては、給金らしい給金さえなく、偉い役者から中日《なかび》に与えられる祝儀を、平身低頭でいただく野だいこ同然のさまである。

「浜村屋の太夫《たゆう》のお声がかりとァ、幸先《さいさき》がいいぜ」

作者部屋へ帰ると、重助は肩をたたいた。本気で祝福しているのである。すぐに、

「半間の半助」

というあだ名が広まった。

「よっ、半間村屋」

とも呼ばれる。

貸本の得意相手でこそ、気働きも認められたが、海千山千の芝居者の中へ、しかも飛びこみたてでは、うろうろするばかりで、いちいち半間に見えるのはあたりまえなのに、みんな、自分の駆け出しのころを忘れて、痛々しさも感じずに、新参のぶざまをたのしむ。

弱いくせに、いや、弱いからこそなお、弱きをくじき強きを助けるのだろう。強者はいよいよ強くなり、弱者はますます弱くなる。

〈世の中〉は強者の側から一方的に作られたものではなく、弱者の側からとの共作なのである。

表から見れば夢心地になるほど美しい、大道具の張りものの裏のような、言語道断のきたならしさの充満に、半助は目まいを覚えた。

〈いくら芝居が絵空ごとだからといって、こりゃひどすぎらあ〉

大好きだった芝居そのものさえ、大きらいになってしまいそうである。

〈芝居はうそばっかりじゃねえはずだ。まことをふくんだうそ、うそめかしたまこと、それが芝居の本来の命じゃねえのか？　今に見やがれ。きっとそんな芝居を作ってやるからな〉

腐敗への義憤のようなものが、甘い考えでふらふらと幕内へ入った男を、積極的にした。

小屋では見習に精を出し、帰り道には大川の土手へ回って、寒風にさらされ、血豆をこしらえ、野良犬に追われながら、拍子木の稽古にはげむ。

しかし、菊之丞との初対面で植えつけられたおびえは薄らぐことなく、つとめて顔を合わさないようにしていた。

楽屋の廊下や舞台の奈落《ならく》で、向こうから弟子や男衆を従えた菊之丞がくると、物陰に隠れて息を殺し、やり過ごしては脂汗をふく。

なぜそんなにこわいのか、自分でも不思議なほどだが、

〈これが敵薬《てきやく》とか苦手とかいうんだろう〉

こわいものはしかたがない。

今年二十四の五代目瀬川菊之丞は、先代の養子だが、引き立てに恵まれている。

まず、十四で養父に死なれたのをあわれんだ、江戸一の女形五代目岩井半四郎の保護を受け、ついで江戸役者の総本山七代目市川団十郎と男色関係を結び、わずか十六で立女形となった。

十一文甲高の足をした大男で、器量もあまりよくはないのだが、よほど色道に長じているらしく、これも大立者の三代目坂東三津五郎の念者《ねんじや》に転じると、その女房お伝ともできてしまう。

このお伝という女は、汐留《しおどめ》の船宿の娘で、おむらといったが、女義太夫《むすめぎだゆう》の名手竹本於伝《おでん》に入門して小伝と称し、のちにお伝と改めた。

三代目尾上菊五郎を振り出しに、御用達商人秋山新三郎、福岡藩の江戸家老、妓楼清水楼の亭主、定回り同心飯尾藤十郎と渡り歩き、三津五郎の女房となってからも、二代目関三十郎、四代目三桝大五郎、七代目市川団十郎、蘭法医土生《はぶ》玄磧、初代清元延寿太夫など、浮気の相手は数え切れない女豪である。

無毛だとのうわさから、土器《かわらけ》お伝とあだ名に呼ばれているが、名器にちがいないというので、煮こみおでんの売り文句をそのままに、

「あんばいよしのおでん」

とも喧伝されている。

その乱行も、亭主の三津五郎が菊之丞に現《うつつ》を抜かしていることへの面当てだったくらいだから、ふとしたきっかけで菊之丞とできてしまうと、激しく憎んだ相手だけに、いとしさがとめどなく深まった。

「荒淫矢のごとし」

などといわれた菊之丞も、十六年上のお伝のあんばいよしにのぼせ上がり、三津五郎に御注進した三津右衛門をやりこめて、あやまり証文をとるほどの開きなおりようである。

三津五郎を大名、お伝を愛妾、菊之丞を小姓《こしょう》に仕立て、歌川国貞の絵入りで三人の情事を諷《ふう》した、半紙本三冊の艶本『風俗邂逅伝《すいこでん》』が出版されたのは、文政九年の初春狂言の最中だった。

楽屋雀たちが大喜びしたのはいうまでもないが、見物にも大受けで、『嫗山姥《こもちやまんば》』の傾城《けいせい》八重

桐で菊之丞が出ると、

「はまはま！　はまはま！」

と、声が飛び、すでに亭主役の坂田蔵人《さかたのくらんど》時行で舞台にいた三津五郎と顔を見合わせれば、

「ようよう、おでん共食い、あんばいよし！」

の弥次で満場がどっと笑い、しばらくは芝居がつづけられない。

この悪落ちに、三津五郎は眉をひそめたが、菊之丞はひるむどころか、乗りに乗って、

〽尻目ににらむも恋なれや
のチョボできゅっとかわいく、三津五郎をにらんで見せた。

少し受け口の唇を半開きにして、お歯黒の歯並みをちらつかせ、鮮やかな紅の目張りのきいた目を濡れさせて、あごをしゃくるおきゃんなしぐさには、したたるばかりの色気がある。

卑猥な要素の濃い色気だが、それだけに官能へじかに迫ってくる。見物の女客は、とろけるように膝をよじっていた。

上手《かみて》の大臣柱の陰で盗み見ていた半助は、

〈化けものだ……〉

と、思いながら、大向こうの、

「はまはま！」

の掛け声が、

「半間半間！」

と、自分をからかっているようにも聞こえて、鳥肌立った。

それでも、初出勤から二芝居は全くのお目見得で、役者の身近にいなくてもすんだからまだよかったが、三月の弥生《やよい》狂言の稽古からは、稽古につかなければならなくなって、半助の苦痛は増した。

先輩の狂言方のそばにいて、湯汲みなどの雑用を足しながら、稽古のしかたを見習うのである。

楽屋の三階の大部屋を稽古場にして、座頭・立女形以下が居流れ、立作者や二三枚目の作者の本読みを聞く。

宿下がりの御殿女中たちを目当てにした『鏡山』は、新作ではないが、しばしば改訂される狂言で、今度もかなり筆が入っているため、本読みからはじまったのである。

主な配役は、立役《たちやく》がつとめる例の多い岩藤を座頭の三津五郡、尾上が立女形の菊之丞、お初が若女形の二代目尾上栄三郎で、大当たりまちがいなしの布陣だが、稽古場には異様な空気がみなぎった。

意地悪な御殿女中の見本のような岩藤を、寛大な三津五郎が演じ、町人出身でおとなしく、岩藤の迫害にたえられずに死ぬ尾上に、ずうずうしい菊之丞が回るというのからして皮肉だし、岩藤が尾上を草履《ぞうり》で打ちすえて恥じをかかせる場面もあるからで、一同は好奇心にうずきながら、二人の反応をうかがっている。

しかし、三津五郎は大した貫禄で、腕組みをして静かに目をとじ、表情を少しも動かさない。菊之丞もさすがに神妙に、手あぶりの火に目を落としている。ただ、その目がときどきさりげなく一座に流れる。

湯を汲んでいた半助は、その目が自分の上に止まったとき、すくみ上がった。ふと止まったにすぎず、すぐにほかへ流れて行ったのだが、それだけで半助は、蛇に見こまれた蛙のように、身じろぎすることさえむずかしかった。

書き抜きの読み合わせ、付立《つけたて》と称する立ち稽古、総ざらいと、稽古は表面無事に進んだ。

もっとも、三津五郎が帰って行くと、菊之丞の態度はがらりと横柄になり、些細なことで身近な者をひどくいじめる。そして、芝居茶屋にお伝を引き入れては、荒淫の限りをつくしているそうだった。

初日、先輩の狂言方が役者にせりふをつけたり、小道具類を出し入れしたりするのを見習うため、半助は舞台上手の張りものの陰に控えていた。

東西の桟敷にひしめく宿下がりの御殿女中たちが、御簾《みす》越しに見える。むんむんとした体のほてりさえ、伝わってくるようである。

草履打ちの場になると、場内の熱気はぐんと高まった。そして、

「身に覚えがあろう」

「いえ、この身に」

「知らぬですむか」

「さあ、それは」

「さあ」

「さあ」

「さあ」

「さあ」

と、くり上げぜりふになって、岩藤が草履で尾上を打ち、尾上がその手をとらえて、

「こりゃ草履をもってこの尾上を」

「おお、打った。御奉公を粗末にするこなさんじゃによって、こうこうこう、打ったがこの岩藤があやまりか」

と、岩藤が息ごんだときである。

大向こうから鋭い弥次が飛んできた。

「あやまりじゃねえ!　ぶちのめせ!」

この芝居のこのくだりで、弥次が飛ぶことはあるが、岩藤憎しの罵声にきまっている。それが逆なのだから、場内はどよめいた。

こわれかけた空気をしめるように、三津五郎は声を一段と張って、

「はあぁ、こりゃ姫君の御寝所へ、隠し男を引き入れたのか。いや、そうであろうな」

と、きまりぜりふをつづけたが、これにまた、

「そうだそうだ！　間男成敗《まおとこせいばい》しろ！」

罵声がかぶってきて、場内はさらに湧き、芝居はめちゃめちゃになるかと見えた。

しかし、菊之丞の尾上の、

「いかに身に越度《おちど》があればというて、この大勢のその中に、草履をもっての打ち打擲《ちょうちゃく》。あまりといえば」

というくやし泣きに、見物はたちまち静まり、劇中に引きこまれて行った。

岩藤が退場し、召し使いのお初が登場して、尾上を慰め励ます。そのお初を、尾上は親元への文使いに送り出し、枝折《しお》り戸にとりついて泣くところで幕が引かれる。

あとは幕外に残ったお初の、花道を去る見せ場なのだが、見物は尾上のかわいそうな姿に気を奪われて、主《あるじ》思いのけなげなお初の姿などろくろく見ていない様子が、幕を通してありありとわかる。無論、岩藤も完全に食われていた。

次の場面へと回って行く舞台に乗ったまま、半助のそばを通り過ぎながら、

「見やがれ。いい役者ってのァこうしたものさ。女中めら、濡れてやがったろ」

と、だれにともなく菊之丞がうそぶくのを聞いて、荒んだ生命力の強さに、半助はますますおぞ気《け》をふるい、自分の運命がこの魔性にかかわって行くのを、避けることができないように

感じた。

三津五郎はお伝にも菊之丞にも未練を断ち切れないため、ずるずると見ないふりをつづけてきたのだが、こうなってはよんどころなく、やっとお伝を離別して、以前追い出した先妻のお貞を呼びもどした。

菊之丞は謹慎の態《てい》を示したのも束の間で、日本橋長谷川町の家にお伝を引き入れ、ぬけぬけと同棲をはじめた。

世上の非難に対する反抗だが、そのやりかたには、破局へまっしぐらに向かって行くような、ただれた激しさがある。

「長くはねえな」

と、重助がつぶやいたとおり、菊之丞は病気になって、五月狂言を休んでしまった。

半助はほっとして、半年も無沙汰だった青柳屋の隠居を、根岸にたずねた。

「石の上にも三年というからな、半年やそこらでそう愚痴ばっかりこぼしちゃいけない」

隠居はにこにこ顔で、半助自身の近況報告を切り上げさせ、

「ときに、土器《かわらけ》のあんばいについてだがね」

と、お伝に関する評判を知りたがる。

半助は耳にしている限りのことを話したが、ばからしくなった。

「ふうん。それじゃ浜村屋の女房におさまったのかえ。豪儀なもんだ。やっぱり下っ腹の毛が

すり切れてる金毛九尾の狐なんだよ。そういえば、この根岸の里に浜村屋の別宅がある。菊之丞のやつ、病気だなんぞといって休みながら、実はつい目と鼻の先で、湯気の立つおでんをぱくついてるんじゃないのかな。どうだえ。のぞきに行って見ようか」

長命眉毛をひこつかせる。

若いころ狂言作者を志したというのも、芝居作りの仕事にあこがれてではなく、芝居者の集落の匂いに引かれてだったのだろう。そんな隠居に、半助はひどいへだたりを感じ、自分がもう振り出しへはもどれない人間になっていることを思った。

数日後、菊之丞へ座元の見舞い状を届けろと、重助にいいつけられて、

「勘忍して下さいな」

と、半助は手を合わせた。

「こういう使いも、見習の仕事なんだ」

「でも、こればっかりはお助けを」

「どうしてだよ」

「なんだか、あの太夫、おっかなくって」

「名づけ親も同然のお人を、こわがってどうする。こんなときに、お覚えをよくしとくものさ」

「師匠」

「ならねえ。世の中だ」

ぜひもなく、長谷川町の家をたずね、権八という男衆に文を渡し、早々に帰ろうとしたが、返事があるからと奥へ通された。

路考茶《ろこうちゃ》の長襦袢に半天を引っかけた菊之丞が、揃いの姿をした女と長火鉢の差し向かいで、昼間からかつおの刺身で飲んでいる。

しめっきりの部屋中に、むうっと寝ぐさい匂いがこもっているのも道理で、屏風の陰には寝床が敷きっぱなしにしてある。

「おう、半間の半助か。よくきたな」

と、白粉《おしろい》焼けのした眉毛のない素顔をふり向けられて、半助は部屋の隅に背を丸めた。

十一文甲高の足を片あぐらに組んで、菊之丞が座元の文を読みはじめると、女がにじり寄って、菊之丞にしなだれかかり、太腿をのぞかせた立て膝で、文をのぞきこむ。

それが、半助のはじめて見るお伝だった。色白の細面で、目尻の切れ上がった、国貞ばりの淫相である。

揃いの半天は、菊之丞の紋の花がつみと、お伝の紋の梅鉢を比翼《ひよく》に散らしたもので、まだ目新しい。お伝がこの家に入ってからこしらえたのだろう。岡焼き盛んな世間へふてぶてしく見せつける、晴れ衣裳のつもりでもあるらしい。

「御苦労だった」

読み終わった菊之丞が、半助に祝儀を投げ与え、

「座元にはこう返事しといてくれ。『ごねんごろのお見舞い、まことにありがとうござんした。浜村屋はおかげさまでこのとおり、あんばいがよくなっておりますから、どうか御安心を』とな」

と、お伝の立て膝のあいだに手を入れて見せ、

「こういうときはすかさず、『よっ、はまはま！』と掛けるんだよ」

「よっ……はまはま……」

「半間なやつだぜ」

せせら笑いの声が、耳をふさぎたいほどいやらしく荒んでいる。

「おや？　ちょいと……」

頰にかかったおくれ毛を、そらした小指でかき上げたお伝が、

「この人、どっかで会ったことがあるよ」

と、あごをしゃくった。それだけでわけもなく、半助はぎくりと肩をすくめたが、全く覚えがない。

「お前の土器《かわらけ》を知ってるってえのか？」

「いえさ、そんなんじゃなくって……」

お伝は少し近目なのか、目を細めてしばらく見つめたのち、ぽんと柏手を打った。

「そうそ！　貸本屋だ！　ね？　そうだろ、お前さん！」

「へ、へえ。以前はやってましたが」

と、思わず半助は返事をしたが、

「どうもお見それをいたしまして相すみません……。手前が御新造《ごしん》さんにお目にかかったことが……あるんでござんしょうか……」

「ある、確かに」

「てえと、どちらのお宅で」

「さあ、それが思い出せないんだけどねえ……」

「お門《かど》多い女だから、無理ァねえや」

口を挟んだ菊之丞の顔から、笑みが消えている。その腕を、

「あれ、憎らしい」

つねったお伝は、半助にいい足した。

「もっとも、お前さんは覚えちゃいないだろうよ。なんでもあたしゃそのとき、枕屏風越しに見たような気がするもの」

「ああ、道理で……」

「寝床に入ったまんまでね」

「おきゃあがれ、いい加減に」

と、菊之丞はふくれて見せたが、

「そうか……。半間は貸本屋をやってたことがあるのか……」

濁った目が残忍な光りを帯びはじめた。

「大きにお邪魔をいたしまして」

長居は恐れと、御前を退下した半助は、裏口で男衆の権八に小当たりしたが、もとよりわからない。

木挽町《こびきちょう》の河原崎座にもどって、チョボ床から流れてくる太棹三味線の音を聞いたとき、半助は、

「あ、根岸の隠居所だ……」

と、思い当たった。

義太夫の師匠が出稽古にきていると、隠居がいったことがある。お伝が隠居のお伽《とぎ》に招かれて、同衾《どうきん》したのにちがいない。

〈世の中、狭えな……〉

半助はなんだか、こまかい目の入り組んだ籠にでも入れられているような、その籠目の入り組みかたを、自分だけが知らずにいるような気味の悪さに、あたりを見回して、

「おれも〈世の中〉の人間になってきやがったか……」

と、ひとりごちた。

八月の盆狂言は暑気が残っているので、大立者《おおだてもの》は多く休む。

河原崎座も三津五郎が休み、菊之丞が女座頭格で、『忠臣蔵』と『娘道成寺』を出すことになった。あるいは、盗っ人たけだけしい見せつけにたまりかねて、三津五郎が菊之丞との一座をこばんだのかもしれない。

七段目までの通しで、菊之丞は顔世《かおよ》とお軽だが、大星由良之助と高師直《こうのもろのう》を市川鰕《えび》十郎、塩冶《えんや》判官と早野勘平を中村十蔵という顔ぶれなので、こわいものがなく、稽古場からわがまま一杯にふるまった。

『忠臣蔵』だから眠っていてもできると、書き抜きを繰《く》る読み合わせを略し、立ち稽古からはじめたのはともかく、ほかの役のしどころは、ここはわかっている、そこも大したことはないし暑いからと、どんどん飛ばしてしまう。

そのくせ、自分の役のしどころは、くそ丁寧に工夫したり、わかり切っているのに考えこんで見せたり、くり返す必要がないのにくり返したりする。

鰕十郎も十蔵も威勢に押されて迎合するので、稽古場はだれ放題になり、立作者はおろか、場ごとの稽古人《けいこにん》の作者・狂言方さえ、席をはずしてどこかへ休みに行く。

半助は稽古人につきそって、衣裳・小道具・囃子などのとりきめを付け帳に記したり、稽古用の出道具を所定の位置に出したりしていたが、七段目のお軽の出場になると、由良之助の読む密書を、二階から延べ鏡で写して読みとるくだりで、菊之丞が延べ鏡の角度をああでもない、こうでもないと一人で直しつづけるくどさに、稽古人は抜け出して、由良之助とお軽のやりとりになっても、席にもどらない。

いやなことが起きたらどうしようと、半助がはらはらするうちに、密書の内容を盗み読まれたのを知った由良之助が、口封じにお軽を請《う》け出して殺すため、身請け話しをもちかける、

「古いが、ほれた。女房になってたもらぬか」

まできたら、菊之丞が黙りこんでしまった。

聞こえなかったのかなと、鰕十郎が三度四度くり返しても答えない。

〈まずい役者だなあ。そんなせりふ回しじゃ、受けられねえよ〉

という表情を露骨にしているのである。

じりじりと時がたち、おとなしい鰕十郎の顔色も変わってきて、稽古場に不快な緊張がみなぎり出した。

「太夫……。さっきからいってるんだがね……」

鰕十郎は声が荒立ちそうになるのを押さえながらいった。

「え?」

と、菊之丞ははじめてわれに帰ったようにふり向く。

「『女房になってたもらぬか』をやったんだよ」

「ああ、御免なさい。ええと……」

はたとつまった思い入れで、

「なんてったっけ……」

と、ひとりごちる。

「ええと……。さあ大変。こりゃ驚いた。度忘れってこわいね」

額をぴしゃぴしゃたたいてうなる。まさか、いくらなんでも、ここのきまりぜりふの、

「おかんせ。うそじゃ」

が出てこないはずはない。

〈あれだ。やってるやってる。あざといね〉

一座にたっぷり目引き袖引きさせておいてから、菊之丞はいきなり半助をどなりつけた。

「なにを居眠りしてやがる！　つけろい！」

役者がせりふにつまったときに、小声でつけるのは、稽古人の作者・狂言方の仕事だが、よもやこんなところでつまるなどとは、夢にも思わなかったので、半助は怒声に愕然とした拍子に、舌がこわばってしまった。

「つけろってんだ！　早く！」

「うう……」

「聞こえねえよ」

「うう……」

「なに？」

「うう……」

「うなれってんじゃねえ。つけろってんだ」

「うう……」

正本をつかんで目を白黒させているさまに、稽古場をくすくす笑いの波が渡り、吹き出す者もいる。

「どうしたどうした。半間。はまはま」

「うう……」

「『おかんせ。うそじゃ』だろ！」

と、鰕十郎が助け舟を出したのへかぶせて、

「おかんせ。うそじゃ」

お軽のせりふでなく、まるで菊之丞自身の生《なま》な否定のことばのようにいった。鰕十郎はそれでもこらえてつづけた。

「さあ、うそから出たまことでなければ根《ね》が遂げぬ。応《おう》といや。応といや」

また菊之丞が黙った。鰕十郎の目顔にうながされ、半助はやっとことばを出したが、蚊の鳴くような声で、

「あの……太夫でござんす……」

「うん？」

「太夫でござんす」

「太夫でござんす」

今度はわざとせりふめかして本息《ほんいき》にいったから、稽古場はどっと笑い崩れた。

それを見回して、菊之丞は、

「ちがうのか？」

と、半助にたずねる。

「あの……太夫のせりふの番だと申しましたんで……」

「どじ！　それがせりふだと思うじゃねえか。ちゃんとせりふでつけろい！」

「相すみません……」

「半間野郎。とんちき。で、どうなんだ」

「いや、いうまいわいなあ」

「なんだと？　いえよ」

「いえ……その……『いや、いうまいわいなあ』というせりふなんで」

「ああ、そうか」

「お願いいたします」

「いや、いうまいわいなあ」

ふたたび大笑いになった。半助はべそをかき出した。

「そりゃまたなぜに」

と、また鰕十郎がまじめに芝居にもどしてくれた。

「お前のは、うそから出たまことでのうて、まことから出た、みィんなうそうそ」

菊之丞は指先をしなやかに回しながら、色っぽく相手をからかった。はじめての本息である。

その勢いに釣られて、

「あの……ちがいます」

半助は駄目を出してしまった。

「ちがわねえよ」

「いえ……。『うそじゃわいな』なんで」

「そうじゃねえ。『みィんなうそうそ』だ」

「『うそじゃわいな』でござんす」

「書き抜きには『みんなうそうそ』と書いてあるぜ。なあ?」

と、菊之丞は弟子たちをふり返った。

「へえ」

大勢の弟子がいっせいにうなずいた。

「でも、正本には『うそじゃわいな』とあるんでござんすけど」

と、半助もつい騎虎《きこ》の勢いになってきた。

菊之丞はきっとして立ち、半助に近寄ると、

「どこに」

正本をとり上げて、

「それ見や。『みんなうそうそ』じゃねえか寝ぼけるな」

「いえ……確か……」

「手前、貸本屋上がりのくせに、字が読めねえのか?」

菊之丞は正本をほうり出して、

「でも……」

と、乗り出す半助を引っぱたき、

「半間野郎! どしろうとの分際で、立女形に逆らうのか!」

蹴飛ばした。欅《けやき》の大きな角火鉢の角に脾腹《ひばら》を打ち当てて、灰神楽を立てながら半助が倒れ伏すと、

「こんなこっちゃとても稽古にならねえ。頭取《とうどり》。『まず今日《こんにち》はこれぎり』だ」

鰕十郎や十蔵たちに挨拶もせず、弟子を従えて帰って行った。

なさけなさと痛さで泣きながら、それでも半助は、白け切った稽古場を、

「相すみません。申しわけありません」

と、這い回った。

「太夫のおなぐさみも度が過ぎるねえ」

そんなささやきもあったが、

「だが、それにしても、よくまあやりとりが嚙み合ったもんじゃないか」

「全くさ。『で、どうなんだ』『いや、いうまいわいなあ』の息なんざ、無類だね」

「半間にしちゃ極上々吉《ごくじょうじょうきち》の大出来でげす」

「よっ、はまはま半間」

ささくれ立った空気を急いで平にしてしまおうと、一座は口々に笑いのめした。

その帰り道に半助は、貸本の背負い歩きの腹ごしらえでなじんでいた飯屋に行き、

「いやだよ。死んじまったのかと思ってた。どうしてたのさ」

と、迎えてくれたおたまを相手に、茶碗酒のがぶ飲みだった。

おたまは器量よしとはいえないまでも、ちょいと渋皮のむけた女で、尻軽なのが難だが、なかなか情があたたかい。

得意先で受けた憂《う》さを、陽気な冗談で晴らしてもらったことも数知れず、半助はいずれそのうち女房にと、本気で口説くつもりだったほどなのである。

「貸本屋をやめたって、なに商売に変わったの?」

「聞いてくれるな。いいたくねえ商売なんだ」

「いいたくない?　まさか、手が後へ回るような仕事じゃないだろうね?」

「だとしたらどうする?」

「どうするって?」

「おれがきらいになるかってのさ」

「ならない。もっと好きになるだろうな」

「ほんとか?」

「だって、あたしの体も盗んでくれるもの」

「うれしいことをいってくれるぜ」

「半助さん」

「おたま」

「ボーン」

「半助(半熟)たまご、食い(恋)の道行き」

などと軽口をたたき合っていると、くやしさもだいぶ薄らいできた。

酔いがかなり回ったころ、半助がたずさえていた風呂敷包みの中身が拍子木であることを知って、おたまは目を丸くした。

「おやまあ、半さん、狂言方になったの!」

「まだ見習だがね」

「粋じゃないか!」

「とんでもねえ。盗っ人と逆で、手が前へ回る仕事だが、似たようなもんさ」

「なぜ。狂言作者が泥棒と似たような仕事って」

「うそつきは泥棒のはじまりというじゃねえか」

「おふざけでない」

「いや、まじめな話し、とても外から考えてたようなもんじゃねえのさ」

「そりゃ、なに商売だって、ほんとうに中へ入って見たら、憂《う》い辛《つら》いが多いんだろうけど、なにしろ芝居というたのしみごとの世界だから」

「たのしみごとの世界だから、なおさら表裏《ひょうり》がひでえんだ。聞いて極楽、見て地獄よ」

と、陰険で酷薄な幕内の生態のあれこれを、自分と菊之丞のことだけは避けながら、語って聞かせた。

おたまは意外さに驚いたり呆れたりして見せたが、ふと歓声を上げて、

「あたしとしたことが、なんて迂闊《うかつ》な！　河原崎座ってば、浜村屋がいるんじゃないか！」

「うん？　うん……」

と、半助は急に、酒とまちがえて酢を飲んだような顔にならざるを得ない。

〈拍子木なんか見つけられてしくじったな〉

おたまは半助の首っ玉にかじりついて、ゆすりながら鼻声を出した。

「浜村屋を近くで拝みたいの。楽屋へたずねて行くから」

「いけねえいけねえ。楽屋へたずねてきたりなんかしてくれるな。みじめなざまを見られたくねえんだ」

「かまわないよ。半さんに会いに行くんじゃないんだから」

「なお悪いや」

「ようよう、後生《ごしょう》だからさあ。あたしが大の浜村屋びいきで、『いっそもう路考が出るといっそもう』の口だってこと、半さん、先《せん》から知ってるじゃないの」

半助はおたまの腕をもぎ放して、実物の菊之丞が舞台で見るようなたおやかに美しい人間ではないこと、夜目遠目傘の内、近づいたら夢がこわれるにきまっていることを、自分のこうむった屈辱はなお伏せながら、あげつらったのだが、

「まさか」

そんなはずはないと、おたまはてんから受けつけず、しまいには、

「半さん、焼いてる」

と、うるんだ声で笑うのだった。

おでん鍋の上の小壁に張った品書きの、

「あんばいよしおでん」

さえ面当てのようでいまいましく、半助は銭を飯台へたたきつけて、飯屋を去った。

その帰りが、家主の木戸での苦々しい小言だったのである。

蚊帳の中で寝返りを打っていると、むしゃくしゃがなお高《こう》じてくる。

菊之丞にほうり出された正本を見なおしたら、ちゃんと『うそじゃわいな』とあった。それを菊之丞が『みんなうそうそ』と直したのは、じゃらじゃらした遊女らしさを濃くする、悪くない工夫と認められるにしても、一人で勝手に直しておきながら、正本にもそう書いてあるといい張るとは、しかも、貸本屋上がりのくせに字が読めないのかとののしるとは、なんというねじけた傲慢な人間だろう。

そこまで反芻した半助は、おやと思った。

〈貸本屋上がりということを、いやに粒立てていいやがったっけ……。わかったぞ……。そうか……〉

菊之丞は半助の前身が貸本屋であることを知って、お伝との情事をからかった艶本『風俗邇妓伝』は、彼の仕業ではないのかとにらんだにちがいない。

実際に戯作の筆はとらないまでも、落書庵景筆なる作者に、種を提供してそそのかしたにきまっていると思い、残忍ないびりの機会をねらっていたのだろう。

品性下劣というか、卑賤猥雑というか、なんとも軽蔑すべき男だが、そんなやつを、大向こうからとはいえ、かつてはほれぼれと見たこともある自分までがあさましい。

そんな男の正体を見破ることができないどころか、むしろ進んでだまされて血道を上げる、女心というものは、もっと憎いと、半助は力をこめて酒くさい息を吐いたが、胸は余計いがらっぽいのである。

残暑のうちに初日があいて二日目、『忠臣蔵』と『娘道成寺』の幕間《まくあい》に、おたまが前ぶれもなしにたずねてきた。

「くるなといっただろう」

「ほんのひと目でいいんだからさあ」

「いけねえ」

「よう」

と、押し合っている楽屋口へ、楽屋風呂から上がった菊之丞が、花がつみの浴衣の裾をつまみ上げて、風にふかれに出てきたから、おたまは真っ赤に上気してしまった。

「半間のかわいいのかえ？」

一人でもしろうと客が見ているときには、ぬからずにつくろうたおやかな風情で、遠くを見たまま菊之丞が聞くのへ、

「滅相もござんせん」

と、強く答えて追い払おうとするのを、おたまはふり払って、もぞもぞと両足をよじるようにしながら、菊之丞に熱い目礼を送った。

それをぐいぐいと押し出した半助が、回りの木を入れていいかどうかを確かめに、菊之丞の部屋へ行ったのは、かなりたってのちである。

回りの木とは、大道具・小道具の飾りつけや板つきの役者の着座をうながすために、頭取部屋の前でまずチョンチョンと二つ打ち、舞台裏から舞台へ回って行きながら打つ拍子木の合図で、終わりに舞台でチョンチョンと直したら、同時に鳴りものと幕あきの木に移るので、楽屋の役者たちが衣裳をつけ、鬘《かつら》をかけて、出支度の整ったのを見届けなければ、入れはじめられない。『娘道成寺』の舞台は、あいてしまったら幕切れまで約半刻も止まらないため、なおさら慎重に主演者の支度を確認する必要があるからなのだが、

「御免下さいまし」

と、入り口で声を掛け、

「もし、太夫。浜村屋の太夫」

くり返したのに返事がない。

男衆もいないで、一人仮眠しているのかもしれないと、楽屋ののれんを分けて踏みこんだ半助の足が、ぎょっとすくんだ。

枝垂《しだ》れ桜の着つけに金烏帽子《えぼし》という、華麗な白拍子花子の姿の菊之丞が、屏風も立て回してない部屋のただ中で、女を犯しているのである。

女はいつ入りこんだのか、おたまだった。

いや、犯されているのではない。乳を吸われ、目をとじて、歓喜にあえいでいるのである。あこがれの役者に、女姿で抱かれていることが、女の官能を一層熱くかき立てるのだろう。

「半間なお狂言さんだ。回りの木か？　待ちな待ちな」

ふり向きもせずに、花子はいった。

「へ、へえ……」

「芝居心のねえ男だな。後見の心で待ってろよ」

半助は入り口に外を向いてうずくまった。口がからからに乾いて返事ができず、目がくらんであいていられない。奥からは、

〽恋の手習い、つい見習うて、たれに見しょとて紅鉄漿《べにかね》つきょうぞ。みんな主《ぬし》への心中立て。

おおうれし、おおうれし
という笑みを含んで口ずさむ長唄につづいて、

「どうだえ、貸本屋。こんな趣向は」

余裕たっぷりの男の声が聞こえ、あいだを、

「ああ……太夫……」

という女の絶え絶えの泣き声が縫った。

その夜、憎悪に燃えて、どろどろと自分をもてあそびながら、半助は一睡もせずに遺恨晴らしを考えた。

艶本『風俗遡妓伝』は、どうやらいい年をして嫉妬した、根岸の隠居の仕業らしいが、半助は貸本屋上がりの意地にかけても、そんな卑劣なまねはしたくない。

といって、今から百二十二年前の二月、市村座の舞台で刺された初代市川団十郎や、去年の五月、中村座の帰途を襲われた清元延寿太夫のように、刃物で殺すのも苦痛が足りないと思う。

〈これだって、痩せても枯れても、狂言方のはしくれだからな……〉

人を半間とののしり、転《こ》け間《ま》だ常間だと、病的なほど間《ま》どりにやかましい、菊之丞のような役者には、

〈そうだ。舞台の間《ま》をこわして、立ち往生させてやるのが、一番の仕返しだろう……〉

今度の『娘道成寺』は、これも菊之丞の不精《ぶしょう》で、押し戻しがつかず、後《のち》シテがない。

女姿のまま鐘に上がり、左手で紅白の綱をかかえ、右の袂《たもと》を払うのが木の頭《かしら》、袖を高くかかげて行くにつれて、所化《しょけ》（若い僧）一同が仰いで拝むという幕切れである。

このチョンという木頭《きがしら》をはずしてやったら、菊之丞の『娘道成寺』は、それこそ、

「百日の説法、屁一つ」

で、めちゃめちゃになるにちがいない。

ただ、小さな脇狂言の拍子木さえ、まだ打たせてもらえない見習に、そんな機会がいつおとずれるというのか。

思いつきのよさに勇み立っただけに、見こみのなさに気落ちして、半助はぼんやりと翌朝河原崎座へ出て行った。

ところが、意外な早さで機会がおとずれた。

重助が小声で、『娘道成寺』の幕切れ近くに、どうにもやりくりできない野暮用があって、小屋にいられない、幕はあけて出かけるから、幕切れの木だけを頼むというのである。

「そ、そんな、師匠、大それたことを！」

と、半助は胸の高鳴りを悟られまいと努力しながら辞退した末、内緒の小づかいを十分にもらって、おっかなびっくりの態《てい》で引き受けた。

御定法《ごじょうほう》三日を過ぎると、作者は上手大臣柱のところにしゃがんでいて、幕切れにすっと立ち上がり、チョンと木を打つ、いわゆる出打ちをするのだが、まだ三日目なので、張りものの陰で打ってもかまわないのである。

重助が幕をあけて、そっと出かけて行ってから、半助は上手の練り塀の陰にうずくまった。

〈浜村屋のやつをほんとの半間村屋にしてやったら、その足でさっさと立ち去ろう。なあに、田舎《どさ》にだって陽は照るし、芝居者の足なんぞ洗っても未練はねえや〉

度胸がすわると、舞台を見る目が澄んでくる。満場の陶然たる視線を一身に浴びて、得々と躍る菊之丞の姿を、半助は落ち着いて追っていた。

しかし、踊りが進むにしたがって、

〈おれは打っちまうんじゃねえか……〉

という不安が頭をもたげ、それが逆らいがたくふくらんできたのである。

そのうちに、打ってしまった方がずっと楽だと叫びたいほど、胸苦しくなった。

〽思えば思えば恨めしやとて、龍頭《りゆうず》に手を掛け飛ぶよと見えしが、引っかついでぞ失せにける

の長唄で、白拍子花子を伏せるように、がらがらと鐘が落ちた。

〈だめか……。やっぱり勝てねえのか……〉

半助はすすり泣きかけた。

しかし、そのときだった。鐘に背後からかけた梯子を上がりながら、菊之丞が半助の姿を認めて、

「半間」

という残忍な目をした。そして、鐘に乗って見物を見渡すと、こぼれるばかりの愛嬌を顔に浮かべた。じわが見物のあいだに広がった。半助のためらいが消えた。

菊之丞が右の袂を払ったが、半助は打たなかった。勝利感がどっと噴き上げかけた。

その半間に、実に冴えた木頭が鳴り響いたのである。

半助は付けの打ち上げにつれて、夢中で拍子木の音を刻んだ。小屋をゆるがす喝采《かっさい》のうちに、幕が引かれて、半助が虚脱していると、男衆の権八が呼びにきた。

「いや、上出来！　いい木頭だったな！　見なおしたぜ」

と、菊之丞は化粧を落としながらほめて、

「いつ覚えたんだ。よく修業したたな。よし。あれだけ打てりゃ狂言方になっていい。頭取にそういっとこう」

祝儀袋をほうってよこした。

〈打ったおぼえのねえ木頭が、なぜ鳴ったんだろう……〉

雲の上を歩くような感じで作者部屋へ戻ると、入り口に拍子木をもった重助がにやにやと立っている。

朝の半助のただならぬ顔色から、それと察して、あんなことをしたのだろうか。

「あたしからのほうびだ」

と、渡してくれたのは、土器お伝をからかった第二の新板の艶本『大和《やまと》妖狐伝』である。

「師匠……」

「はてぜひもなき」

重助は顔をそらして、

「チョン」

口で木頭を入れ、

「世の中じゃなあ」

と、廊下を遠ざかった。

「チョンチョンチョンチョン……」

半助は泣き笑いしながら、口で木を刻んだ。

忠治を見た

無職渡世《ぶしょくとせい》の足を洗って、堅気の煎餅屋になっている、中山道板橋宿《じゅく》——東京府下北豊島郡板橋町の吉五郎の前に、

「あなたさまが、上州国定の長岡忠治親分と、大そうゆかりの深いお人とうけたまわりまして、ぜひ御高話なとうかがい申したく、まかりいでましてござんす」

と、色の浅黒い、はしっこそうな男が、四角に坐ったのは、日露戦争という開闢《かいびゃく》以来の大でいり、いや、大戦争の勝利で、国際感覚のとぼしい祭り好きの民衆が、単純な祝い酒にきおい立っていた、明治三十八年の夏である。

「およしなせえ、お若えの。忠治どんとゆかりが深えなんぞと、そんな大把《おおたば》な。ほんの行きずりの御縁だっただけなのに」

吉五郎はにこにこと麦茶をすすめた。

六十八とはとても思えない、しろじろと粒ぞろいに輝く歯並が、この元博徒の温顔に、いくばくかのさわやかさをそえている。

「へえ。でも、その行きずりが、尋常一様のものじゃあなくって、渡世——」

と、いいさしてから男は、

「手前、どなたからの御順達にもあずかりませず、お近づきの仁義も略さしていただきますは、あなたさま、現在渡世御引退につきましての不調法。御披見のとおり、昨今駆け出しの未熟者にござんすが」

行きとどいた但《ただ》し書きをはさんで、

「渡世の端をけがします者ならだれしも、伏し拝みたくなるほどの、尊《たつと》いものだったそうで」

「そりゃあな。寺方《てらかた》で一期一会とかいう、あれだろう。たったひと晩、忠治どんと袖すり合って、じかにいただいた教えが、渡世五十年の心得になったんだし、堅気のじじいと変わってからの、生きる支えにもなってるんだから」

「でござんすから、そこのところを、なんとか一つ、後学のために」

男の物腰は、鋭い目つきにも似ず、堅気の商家の番頭のように、慇懃《いんぎん》だった。

上布《じょうふ》の着物に、八端《はったん》の鉄無地の角帯、黒の寒冷紗《かんれいしゃ》の夏羽織という、ちょっとまちがえば、幇間《たいこ》医者にならないでもないこしらえだが、この男にかかると、苦味走って涼やかである。

「弱ったね、どうも。こうやって、ただの娑婆《しゃば》っぷたげになってから、もう久しいのに、まだふり出しのころの恥じを、話さざならねえとは。え？　おい、ばあさんや」

と、吉五郎は、背後の老妻おりきにも、温和な笑みを向けた。おりきは、目を細めて、乱杭歯を見せる。

「身から出た錆《さび》ですよ。罪ほろぼしに懺悔なさるんですね、いくらでも」

「あんなことをいってやがら。薄情なやつだね。じゃあ、ま、ナニするが、どうせ年寄りの昔ばなしだ。あと先もするだろう。くり返しも少なくあるめえ。退屈だったら、遠慮なくそういっとくれよ。すぐやめるから」

「退屈だなんぞと、滅相もござんせん。お願い申します」

若い渡世人は、期待のときめきを、殊勝な身じろぎで強く表わした。

老いた元博徒は、軽くうなずくと、これからはじまるものがたりの世界を見渡すように、目を宙に遊ばせながら、麦茶をすすった。

軒先では、さっき渡世人がくぐったのれんが、真夏の昼下がりの微風に、ものうく揺れている。

吉五郎の開店祝いに、関八州の錚々《そうそう》たる親分衆がおくってくれた、名入りののれんである。

彼にとっては、旅順攻略の乃木希典《まれすけ》将軍か、バルチック艦隊撃滅の東郷平八郎提督の、胸間を飾る旭日大綬章にも比すべき、名誉のしるしだった。

それを仰ぐことで、老いた元博徒が、彼の過去の最も誇らしい時間に、もどろうとしているのを知ると、若い渡世人は、一層の敬意を、上半身ごとのうなずきに示した。

語り手が息を整える短かい沈黙が、聞き手のそうした動作によって、さらに味わいの深い間《ま》となるようだった。

「ああ……忠治どんは偉えお人だったなあ……」

と、吉五郎の口調は、俄然、世話講釈の三尺ものの呼吸を帯びてくる。よく語りこんだ得意芸《おはこ》に特有の、おのずからなる一種の節が、切り出しから早くもついているのである。

「なんしろ古い話しさ。七十近え白髪頭のこのじじいが、まだちんこの毛も生えそろわねえ十三の冬だものなあ。え？　十三だぜ。忘れもしねえ。あれは嘉永三年も押しつまった、暮れの十六日だったっけ」

1

上州佐位郡《さいごおり》国定村の博徒忠治は、この年の八月二十四日、隣村田部井《ためがい》村の隠れ家で御用弁となり、唐丸籠《とうまるかご》で江戸へ着いたのが十月十九日、調べののち十二月十六日には磔刑《はりつけ》を申し渡され、日本橋伝馬町の牢から引き出されて、即日板橋宿にさしかかっている。

もとより、ばくち兇状その他、数々の悪事が罪科だが、その最も重いものが、天保七年に信州の博徒波羅七《ばらしち》を襲うべく、鉄砲・槍をかつぎ、白刃を抜きつれ、吾妻郡大戸《おおど》村の関所を、総勢三十余人で押し通った犯行であり、関所破りの大罪は現地磔刑《ところばりつけ》ときまっていたので、中山道を大戸へ送り返されるためだった。

板橋宿は中山道一番目の宿場である。

江戸の出入り口の、いわゆる四宿《ししゅく》の一つで、大名の参勤交替をはじめとする、士農工商の往来しげく、人なれしているから、ちっとやそっとのことで、度を失ったりはしない。

それが、宿場を上げてたかぶった。

十月中旬の通過のときは、入牢前の未決囚である上に時雨《しぐれ》模様でもあり、必要以上の刺激を与えては危険だとの懸念も働いていたのだろう。唐丸籠の上部には油単《ゆたん》がかけてあったから、姿形はろくろく見えなかったが、沿道の弥次馬は、荒い息をつきながら花道を引き上げて行く、乱れ髪の力士をたたえる、相撲場の客のように、関八州の捕り方をさんざん悩ました、この暴れん坊の労を、口々にねぎらったものである。

まして、暴れん坊が天下の人気者に育ち上がるに十分な、二ヵ月という時間もたった。

八州廻りの関東取締出役、岩鼻代官、関東郡代、さらにそれらの元締めであり、忠治判決の最高責任者である勘定奉行池田播磨守《はりまのかみ》頼方にも当てて、国定村の名主平左衛門をはじめ近郷十五ヵ村の百姓百三十数人、長岡家の菩提寺養寿寺の住職貞然法印、および関東一円にわたる有志の者たちから、命乞いの願書が寄せられている。

この評判は、それまで忠治の存在に関心のなかった向きにさえ、さぞかし男気に富んだ、人情に篤《あつ》い大侠客なのだろうという好印象を与えたにちがいない。

取り調べに際して、忠治が身内の行状をすべて背負いこんだため、いっしょに捕えられた子分の清五郎が遠島、次郎左衛門・七兵衛が追放、左三郎・馬太郎が軽追放、幸助が過料、妾のお町・お徳が押し込めですんだことも、太っ腹な、いさぎよい、男の中の男という敬仰《けいぎょう》の念を抱かせるのに役立った。

また、鬼をもひしぐ猛者《もさ》が御用弁になったのは、不運にも中風《ちゅうぶ》に倒れたからであり、踏みこんだ六十数人の八州役人どもに向かって、長脇差《ながどす》を抜き合わすことすらできなかったそうだというわさも、稀代の巨魁《きょかい》の末路にふさわしい、甘美な悲痛味を大いに盛り上げたようである。

唐丸籠がおろされた旅籠《はたご》は、御用宿となって、ほかの客がとれないばかりか、宿場全体が歌舞音曲を禁じられ、商売にならない。

しかも、杯《さかずき》をやった身内だけで三百五十人、ちょっと声をかければ集まる、命知らずのやつらが、一日で四百人、十日なら四千人はあるといわれる、忠治のことである。

関東やくざの意地にかけても、当代一の大親分を、もう一度娑婆の風に当たらせて差し上げるのだと、大挙夜襲してくるかもしれない。そうなったら、宿場は血の雨、火の海だろう。

迷惑この上ないのだが、わが土地が、それほどの大もの役者の行く花道に当たり、今天下の耳目を集めているのだと思うと、なんとも晴れがましい。

祭り気分さえみなぎって、

「すてきに男前の強盗に押しこまれたときのようで、おっかないやら気のぼせするやら、もうもうもらしそうだよ」

と、矢場女《やばおんな》が鼻声を出したとおり、板橋宿は早くから上ずっていた。

ぎっくり吉《きち》とあだ名のある吉五郎が、息苦しいまでにぞくぞくしていたのは、当然すぎるくらい当然だろう。

彼は宿はずれの名主の総領息子だが、母親に死なれ、後妻腹の次男宇助を、継母ばかりか父親までもが偏愛するのが腹立たしさに、ぐれていた。

ぐれているといっても、まだ前髪の十三歳で、筆おろしもすんではいず、酒と煙草を去年からはじめたばかりといった程度だが、ばくちは問屋場《といやば》にとぐろを巻く馬方や駕籠かきどもの仲間に入れる腕になり、けんかも同年輩か少し年かさを相手なら負けたことがない。

腹ちがいの弟に対する敵意が嵩《こう》じて、ことごとに自分を立派に見せたがる気性が強まり、なにかというと、役者がぎっくりと見得《みえ》を切るような、様子を作るしぐさが、癖になっていて、ぎっくり吉などと呼ばれているのである。

もっとも、面と向かってそう呼ぶ者はなく、顔見知りは若旦那とか若とか小旦那とか呼ぶ。

実は、継母がそつなく手を回して、しかるべき相手にかがせる鼻薬《はなぐすり》と、彼自身のもつ、かなり潤沢な小づかい銭の威力なのだが、当人はそれには気づかず、

「若旦那なんざ威勢がよくねえや。兄いとか若え衆とか呼んでくんな」

と、しきりにぎっくりきめている。

そういう能天気な勇み小僧の前に、悪たれ者の総本山、日本一の大侠客、義賊の張本《ちようほん》が、生《なま》

で現れるのである。

自分の好みに最も適した名香でもかぐように、忠治に関するうわさをむさぼった。

忠治が水呑み百姓の育ちではなく、隣り村にも小作地をもつ大百姓の息子で、渡世の売り出しが、負けっぷりのいいお旦那ばくちだったあたり、とくに吉五郎の共感をそそる。

しかも、忠治の母親は若死にし、父親に後添えがきて、腹ちがいの弟があるという。

「やっぱりなあ……。それじゃあきっと、その邪険な継母にお父っつぁんは金玉を抜かれて、次男坊を猫っかわいがりしたにちげえねえ……」

なにしろ、

「氏《うじ》はいいんだが、育ちがふしあわせだったんだ」

と、考えられるところまで、似ているのがうれしい。

「ぐれもしようさ……」

いやいや、ひょっとしたら、由緒ある旧家に波風を立てまいと、弟にあとをゆずるため、わざとぐれて家を出たのかもしれないではないか。

「なにを隠そう、おれだって……」

と、吉五郎はもう、自分の悪たれ行状が、はじめからそうした大義名分にもとづいた犠牲的行為であったような気がしてきて、物陰でおとなっぽく涙ぐみながら、一人ぎっくりきめた。

十六日に江戸を立たせ、ほぼ三十里をへだたる上州大戸の関所で処刑するのが、二十一日の予定だから、かつぎ送りにしては、かなりの早道を必要とする。

にもかかわらず、日本橋からわずか二里八町の板橋で、もう第一泊となったのは、払っても制してもむらがる弥次馬で、道幅がせばめられ、市中の行進がいちじるしく渋滞するのを、はかってのことであろうし、一つには、江戸で処刑する重罪人を、小塚原《こつかつぱら》か鈴ケ森へ送る場合の、市中引き回しに相当する、「見せしめ」の意図をこめてのことでもあったのではなかろうか。

唐丸籠は、滝野川を通って板橋宿に入ってくるのだが、吉五郎は、父親が村役人として道筋の警護に狩り出されているため、その辺はうっかりうろつけない。

宿場の乗蓮寺へ先回りして、境内で時刻をつぶしていた。

乗蓮寺は宿場開設以前からの古刹《こさつ》で、将軍の鷹狩りの際の休息所に指定され、寺領朱印十石をたまわり、将軍秘仏の身代わり地蔵が伝わるという寺である。

「公儀を恐れざるいたしかた」「重々不届き至極につき」磔を申し渡された無頼の徒が、立ち寄るはずはなく、したがって、宿場の通りよりずっとすいていた。

それでも、参詣人は平日より多く、警護の者たちの目をはばかりながらも、熱心に礼拝合掌している。なにか異様なので、供養塔のわきで見入っていると、白髪の女乞食が、一本花と折れ線香を手向《たむ》けながら、

「お若い衆さんも祈りな」

と、目くばせする。

「なにを……」

「なにをってことがあるかえ。世直し大明神の御冥福をだよ」

その供養塔が、天保の大飢饉の折りの無縁仏を埋葬したものであることは、吉五郎も知っているし、飢饉の一番ひどかった天保七年の翌々年の生まれだから、実見はしていないのだが、その惨状は、おとなたちからよく聞かされている。

老いた女乞食は、犬猫どころか、わが子を食ってしまう者さえ出た、寒村の百姓女で、一家ぐるみ江戸へ流れ入ってきたものの、亭主も子どもも、お救い小屋で死に、自分だけが、

「業《ごう》が強くってさ」

生き恥じをさらしているのだという。

「忠治親分さんは、お上を恐れねえ罪状で、磔になんなさるほどのお人だ。きっと盛大に自腹を切って、米麦のほどこしをなすったにちげえねえ。悪代官なんかも、たたっ切りなすったんだろうよ」

運悪く御用弁になってしまったが、こんなに偉い人が、むざむざ殺されっぱなしになる道理はない。

近いうちに必ず、諸国をあげての世直しが、ものすごい勢いではじまるだろう。

「親分さんの御霊《ごりょう》の働きさ」

と、目やにをこすりこすり、老婆は信じきった声でいった。

吉五郎は釣りこまれるようにうなずいて、素早く警護の者の目をかすめ、供養塔にぬかずいたものである。

こうして、まだ生きながら、早くも世直し大明神にさえなりはじめた暴れん坊が、二百人あまりの護送役人どもに囲まれて、中山道第一の宿場板橋の仲宿にある問屋場に着いたころには、血しぶきのように毒々しい夕焼けが家並を染め、身を切るように冷たい東北風《ならい》が通りを突っ走っていた。

吉五郎は宿場の棒端《ぼうばな》まで出迎えたが、それこそ黒山の人だかりで、おとなの足腰をかき分けて前へ出ることができず、護送役人どもや非人らのもつ、六尺棒、抜き身の朱槍、捕りもの道具、科書《とが》きの捨て札などの先を、弥次馬の頭越しに見ながら、人垣の背後を、息をはずませて歩いただけである。

とうとう、問屋場の前で追い払われ、帰るに帰れず、橋のそばの矢場《やば》に入った。

一応は遠慮の態で、表の腰障子をしめ、

「当たりィ」

の太鼓も鳴らさないが、商売を休んだわけではなく、五人ばかりの客が、矢場女の酌で飲んでいる。

吉五郎は前髪ながら、そこは小づかい銭潤沢の強みで、突き出されもせず、するめをかじっていると、新しく入ってきた客が、できたてのほやほやの、それこそ湯気の立っていそうなうわさを伝えた。

巣鴨の庚申塚《こうしんづか》の梅茶屋で、行列がひと休みしたとき、なんでもほしいものを願えといわれた忠治は、

「おことばに甘えやすが、まさかばくちや女をお願えするわけにも行きやすめえから」

と、笑って答え、村役人が冷酒を片口になみなみとついでやると、息もつかずにあおって、出立《しゅったつ》をうながし、上州名物の雷のようないびきをかいて、眠ったまま板橋へ入ってきたという。

「聞きしにまさる大ものだぜ」

「全くだ。付き添いの送り役人どもは、びくびくしてるそうじゃねえか」

「どっちが罪人かわかりゃしねえ」

客たちは気味よく笑い、矢場女も、

「ひと晩でいいから、骨が砕けるほど、抱かれてみたいねえ」

と、肩をくねらせた。

吉五郎はするめをかじりながら、忠治に酒を飲ませた村役人というのが、自分の父親であったら、ずいぶん自慢ができるのになあと願い、いやいや、あのおもしろくない男が、そんな気のきいた役をつとめるはずはないと打ち消し、おとなたちがおもしろがってついでくれる酒を飲んでいるうちに、酔いつぶれてしまい、目がさめると、二階で客と女のもつれ合う声がする。

ふと思いついて、いくらか残っている五合徳利をかかえると、表へ出た。

2

だいぶ夜がふけたらしい。

辻にはかがり火が焚かれ、軒には提灯がともされて、通りは祭りの夜そこのけに明るいが、物見高さよりは、

「さわらぬ神にたたりなし」

の念が、時とともに強まったらしく、人通りはほとんど絶えている。

びっしりといえるくらい、張り番が立っているが、緊張と不安のためだろう、ろくろくことばも交わさない。

明るさがなお冷えこみをつのらせるのか、こごえたような白っぽい顔を、さらしているだけである。

五合徳利をかかえた前髪姿が、夜ふけに酒買いにやられた小僧に見えるのだろう、

「急げよ」

「気をつけて帰れ」

と、声をかけられる以上にはとがめられず、馬小屋の庇間《ひあわい》からするりと入って、物置きの裏、

土蔵のわきと、そこは日ごろ遊びなれて、勝手知った強味の吉五郎が、問屋場の横っ腹にもぐりこみ、見当をつけた土間をのぞいて、ぎょっと五合徳利を落としそうになった。

二十数坪はある、広い土間の真ん中に、黒光りのする岩乗《がんじょう》な竹で編んだ、大きな唐丸籠が、どでんとすえてある。

いや、唐丸籠に驚いたのではない。その中身なのだった。

あぐらをかいているから、よくはわからないが、背丈は五尺そこそこしかなさそうで、体重は二十貫あまりもあるような、四十がらみの男が、目をとじていたのである。

眉が太く、髯《ひげ》が濃い。はだけた胸元から、熊の敷き皮のような胸毛が見える。

もともと色白なのだろうが、牢暮らしで青味がかった肌が、凄みを帯びている。

「これが……ほんものの忠治なんだ……」

見たくて見にきはしたものの、まさかこんな間近に、憧れの大英雄を見ることができようとは、夢にも思っていなかった吉五郎は、小刻みにふるえ出した。

飲食物を入れる御器口《ごきぐち》という穴の下に、

「上武打込無宿《じょうぶうちこみむしゅく》　忠治」

の木札が、くくりつけてあるが、中身はおよそ囚人のありさまではない。

浅黄二枚に白一枚、緞子《どんす》を三枚も重ね着し、赤地緞子二枚に唐更紗《とうざらさ》一枚と、座蒲団も三枚重ね敷くといった、妾のお徳や子分たちの差し入れによる、おそろしく派手なこしらえで、寝足りたらしく、雷のようないびきもおさまり、安らかな寝息を立てているのである。

天井から吊るした、八間行燈《はちけんあんどん》のほかに、燭台や瓦燈《がとう》を三尺おきくらいに立ててあり、十分すぎるほど土間は明るい。

大炉には、いぶる薪ではなく、太い楢丸《ならまる》の炭が、かんかんにおこしてあるのも、厚遇をものがたっているといえるだろう。

茶碗酒を過ごした態《てい》の張り番二人が、羽目板によりかかり、六尺棒を肩にあてたまま、うとうとしている。

湯呑みや煙草盆から見て、張り番はあと二人いるらしいが、姿はない。横の後架《こうか》へ小用を足しに入ったか、奥の座敷へなにかをしに上がったかなのだろう。

唐丸破りの夜襲も予想される場合なのに、たるんだ警戒ぶりだが、この状態は、ほんのわずかな間の、偶然が生んだものなのかもしれない。

また、そうした偶然は、えてして、長時間の極度の緊張の限界で、現れるものでもあり、見張りからいわせれば、魔の寸隙《すんげき》なのだろう。

とにかく、この寸隙は、俠客志望の闖入者《ちんにゅうしゃ》にとって、最大の幸運だった。

彼の小刻みなふるえが伝わってか、忠治は目をさまし、大あくびをしかけて、やめた。戸口からのぞいた前髪と、目が合ったからである。

そのとたん、吉五郎は五合徳利をかかえたまま、吸いつけられるように、唐丸籠に近寄って行った。

「どうぞ、親分」

と、いおうとしたが、声が出ない。

五合徳利を捧げるようにして差し出すと、忠治は無言でうなずき、御器口から両手で受けとって、ごくごくと飲んだ。

あごから無精髭のつながった咽喉仏《のどぼとけ》が、ぐびぐびと動くのが、同性の若造から見ても、ひどく精力的で、男くさい。

ひと息ついた忠治は、あごに垂れた酒を、手の甲でぬぐい、はじめて声を聞かせた。

「気がきいたな、小僧」

中風はほとんどなおっているようで、呂律《ろれつ》は怪しくない。兇悪な敵勢、酷烈な八州役人、獰猛な子分を、ひとにらみでちぢみ上がらせた、名代《なだい》のぎょろ目も、やさしく笑っている。

しかし、声音はさすがだった。低めてはいるが、野太く鋭く、腹の底へひびいてくるような、というより、尾骶骨《かめのお》をどやしつけてくるような声である。

その声で目をさました二人の張り番が、泡を食って六尺棒を構えた。

「餓鬼《がき》のこった。大目に見てやれ」

忠治は機先を制してそういい、

「大目に見てやれねえってえのか？　やれるな？　よし」

と、うなずくなり、すぐ無視した。

二人の張り番は、背を向けて坐り、煙草を吸い出した。見ていなければ、知らなかったことになるのだろう。小役人らしい保身の知恵が、堅い背中の表情に出ている。

忠治が前ざしの煙草入れを抜きとるのを見て、吉五郎が桑の根株の煙草盆を、炉のわきからとり寄せると、深々と吸いつけて、

「ふうん……。こいつァなつかしいや……」

と、怒《いか》った鼻の穴から、紫煙を勢いよく噴き出した忠治は、ぎょろ目を細めた。

「兇状旅で、甲州大月の猿橋《えんきょう》にもぐりこんだ時分、退屈しのぎに、こんなのを桑の根株で作ったもんだよ」

「へ、へえ……」

「お前、それを知ってて、出してくれたんか？」

「い、いいえ……」

「そうだろう。知ってるわけがねえやな。忠治もぼけたかえ」

くすくす笑うのへ、そんなことはありませんというふうに、吉五郎が強くかぶりを横にふって見せると、忠治ははじめてまともに吉五郎を見て、

「お前、いくつになる」

と、やさしくいった。

そのとき、小便を出してすっかり寒くなったらしい番人が、後架から肩をすくめて帰ってきて、あっと叫びかけたが、同僚の目くばせで、ぬうっと後向きに坐り、すぐつづいて奥の座敷から、追加の白鳥徳利をかかえてもどってきたやつも、同様に知らぬが仏をきめこんだ。

「十三、へえ、十三になります」

「ふうん、十三か。おれが馬方をはじめた年ごろだな」

「お、親分が馬方を」

大百姓の総領息子だそうだのに、という意外な面もちを、吉五郎がして見せると、

「親父がいい兵衛《べえ》でよ、かたりや謀判《ぼうはん》にやられて、身代をつぶしちまった上に、中風にかかって、医者の薬礼にもこと欠く始末だったんでな。おまけに、親父の後添えってえ女が、ささらさっぱちのおひきずりで意地悪ときてたもんだから、おれはうちにいたくなくってよ」

と、忠治は苦笑いを浮かべて、また五合徳利に口をつけた。ぐびりぐびりという旺盛な音とともに、濃い胸毛が波打つ。

ああ、やっぱりその御苦労がおあんなすったんだと、吉五郎は涙ぐんだ。

「冬は赤城おろしの空っ風に土っぽこり。夏はこれまた上州名物の雷にかんかん照りだ。がたくり馬のくつわをとっての街道往来、楽じゃなかったぜ」

忠治もしんみりとした調子で述懐しかけたが、

「しかし、それでもあのまま行ってた方が、まだましだったかもしれねえ」

と、ふり切るようにいう。

「養生の甲斐もなく、親父に死なれて、やけからやくざ渡世に踏み入っちまったばっかりに、三尺高え木の空で、うなぎの蒲焼きもどきに、非人の槍をぶすぶす食らう、あさましい最期を、とげなきゃならねえんだからな」

「でも、親分……」

「そりゃあ、おれは後悔しちゃあいねえ。よくも悪くも一度の生涯、やりてえとおりにやってきたんだ。だがな、小僧。お前のような万事はこれからのやつには、やっぱりまっとうな生きかたをすすめるぜ。戸板一枚に駄菓子を並べても、大いばりの堅気なんだ。決してやくざになっちゃいけねえぞ。いいか？」

「へえ！」

感動で頭がぐらぐらした吉五郎は、思わず唐丸籠の竹をつかんだ。

炉にかかった大鉄瓶の、ちんちんたぎる音が、この大侠客の胸に去来する、木枯らしのような感懐《かんかい》と、聞けば聞ける。

しばらく煙草を吹かしていた忠治は、

「ただし、だ」

と、煙管《きせる》をはたいて、湿気のなくなった声でいった。

「もののはずみで、万が一、まかりまちがってやくざになったら、これだけは死んでも守れ。堅気の衆には、とことんまで腰を低くするこった。道で堅気の衆に行き合ったら、必ずわきへよけて通す。たとえどぶっ川へはまっても、きっとそうしろ。働いていなさるそばを通るときは、頰《ほ》っかぶりをとって挨拶をしなくちゃなんねえ。格別いり用がなけりゃあ、長脇差をもち歩いてこわがらせるようなことはつつしめ。御判行の裏を行く無職渡世。やくざは所詮人間の屑だ。世間さまの垢をなめさせてもらって、露命をつないでるんだってことを、決して忘れるんじゃねえぞ。いいな?」

「へえ……」

「その心がけがありゃあ、素人衆に聞こえるところで、やくざことばを大声でしゃべるなんてえ、ばかなまねはできねえはずだ。堅気の人家の近くで、鼻唄を唄うなんてえのもな。そうだろ?」

「へえ……」

「雪駄《せった》なんぞ、ちゃらつかせることもならねえ。素足にわらじだ。着物も絹物なんぞ、もってのほかだぞ。今のおれは死出の旅装束だから、身内の差し入れで、こんななりをさせてもらってるが、関八州の草木を赤城おろしに吹きなびかしたころでさえ、おれは木綿もので通したんだ。人間の屑。世間の厄介者。この了見を失うなよ」

「わ、わかりました」

「わかったら、もう帰れ」

残りの酒を飲み干して、

「ありがとよ。思いがけねえ末期《まつご》の水、死んでも忘れねえぜ」

と、五合徳利を返した忠治は、あごのはずれそうな大あくびをすると、背もたれの桟俵《さんだわら》に肩口からもたれ、あぐらをかきなおし、腕組みをして、目をとじた。

そこで、吉五郎ははじめて気づいたのだが、手鎖《てぐさり》（手錠）と錠《ほだ》（足枷《あしかせ》）が、忠治の膝元にころがっている。もとより縄のかけかたも、見た目こそ本縄だが、ゆるゆるにしてあるし、手鎖も錠も、人目のある昼間の道中は、形だけ手足を束縛し、こうした夜分の休息では、はずせるようにしてあるのだろう、よく見れば、忠治の両手首には、油まで塗ってある。

「ついでにいっとくがな」

目をとじたままで、忠治はいった。

「見えても、見えなかったふりをしなきゃあならねえことが、渡世には多いもんだ。心得とくがいい」

あっとうろたえた吉五郎が、反問しかけたときには、もう忠治は規則正しい寝息を立てていた。

問屋場の土間を出て行く前髪の若造を、警護の役人たちは、見返りもしなかった。

3

「明くる日は、暁方の七つ立ちだったが、おれは上宿《かみじゅく》の縁切り榎の陰から、忠治どんの行列をお見送りしたよ。もっとも、見送ったとはいいじょう、そばの根付用水にかかった橋の名が、泪橋《なみだ》だからでもねえけれど、あとからあとからあふれる涙で目がくもってな、唐丸籠は見えなかったっけ。いやいや、こいつは見えねえふりじゃあねえぜ」

と、六十八歳の元博徒は、新しい煙草を吸いつけて笑った。

刑場での忠治は、目隠しもことわって、磔柱の上から一同へ、莞爾《かんじ》と多年の厚誼《こうぎ》を謝し、左右の脇腹へ交互に槍の穂先を受けること十四回、従容《しょうよう》たる死にざまだったという。

しかし、その最期の模様を、旅商人あたりからのまた聞きのまた聞きで、吉五郎は耳にしながらも、自分がそんなに偉いお人から気働きをほめられ、親身なさとしまで与えられたのだと、自慢することができなかった。

勘定奉行の池田播磨守は、のちに町奉行に転じ、安政の大獄で辣腕《らつわん》をふるったことでも知られる、秋霜烈日《しゅうそうれつじつ》の権威主義者で、無頼の博徒にまでなめられるほど失墜した幕府の権威を回復すべく、無法者との交渉を禁ずる旨の厳命を、街道筋に頻発したからである。

吉五郎が問屋場の土間へ入りこんだことを、うすうすは知っているはずの宿役人《しゅくやくにん》たちも、その真相を問いただしたりなどはせず、吉五郎の顔を見ると、迷惑そうな微笑を浮かべ、目をそらしてしまう。

忠治の唐丸籠が通過したことさえ、忘れてしまおうと、宿場全体がつとめているようであった。

「年が明けて早々、江戸中を悪性な風邪が荒らし回ってな」

吉五郎の継母が急死した。そこではじめて、継母が陰から要所要所に鼻薬をきかせてくれていたことを知ったのだが、もう遅い。

おまけに、吉五郎の非行の累《るい》が、由緒ある家柄に及ぶのを恐れて、父親は後妻腹の次男をあととりになおし、吉五郎を勘当してしまった。

鼻薬が切れ、潤沢な小づかい銭がなくなれば、若旦那も小旦那もあったものではない。今まで機嫌をとっていたいまいましさの反動もふくめて、馬方や駕籠かきどもまでが、生意気な若造だ、ふざけた青二才だと、さんざんに小突き回す。とても、

「だれだと思う。あの国定の大親分に、似た境涯だなとおことばをいただいた、板橋の吉五郎さまだあ」

などと、ぎっくりきめたりしてはいられず、あたら宝のもちぐされで、それから二年あまりは、くやし涙を腹の中へそっと落としながら、親類筋を回っては、作男のような野暮な仕事をさせられて、小さくなっていた。

「ところがな、一天地六の采《さい》の目は、全くどうころぶかわからねえものさ」

黒船の渡来で幕府の無力さがすっかり露呈され、将軍までがふるえあがって死んでしまうありさまに、民心には、幕府蔑視とともに英雄憧憬が、急速にふくらんだのだろう。

「忠治どんのようなお人がいてくれたら、けだもの同然の異人なんぞに、こうも踏みつけにされやしなかったものを」

と、くやしがる声が、板橋の宿場でも聞かれるようになった。

治安当局としても、あまりに外患が急で、内憂どころではなくなったという矢先だし、現に品川台場の突貫工事には、伊豆の大場《だいば》の久八《きゅうはち》ら、やくざ者たちの力を、大いに借りているときでもあるから、俠客ばなしも遠慮なしにやれるわけである。

そんな嘉永六年の秋も深まったころ、吉五郎がはじめてあの体験談を、宿《しゅく》はずれの髪床で、それも控え目に公開したところ、

「なぜ今まで、そんな大へんなことを黙ってたんだ。え？　吉ちゃん」

と、髪床の亭主は、棒を飲んだような顔をし、ほかの相客一同も、吉五郎へ向けていた目の色を、たちまちに変えた。

翌日からは、宿場内外の渡世人や勇み手合《でや》いが、根ほり葉ほり尋ねてくるようになり、答えるにつれて、吉五郎の話は、くわしく具体的になって行き、

「いい目に合いなすったなあ、吉五郎さん」

とか、

「吉兄いは果報者だぜ」

とか、うらやましそうに嘆息される。

吉五郎も、改めてわが果報の大きさを、嚙みしめるのだったが、それにつけても、忠治親分のおあとを慕って、一人前の侠客になりたいものと、知り合いに頼み回った。


しかし、江古田の幸平をはじめとして、どこの親分からも、杯をおろしてもらえない。

宿はずれの有力な旦那衆である、吉五郎の父親に遠慮してのことかもしれないが、どこでも判で押したように理由とするのは、

「国定のお貸元とさしでお話しなすって、杯をいただきなすったも同然のお人を、子分にできる貫目《かんめ》がないから」

ということであった。

府中から内藤新宿、さらには板橋、練馬へかけても縄張りをもつ、小金井の小次郎は、無職渡世に入りたいという吉五郎の不心得を、こんこんとさとしてくれたが、お旦那出身の、いわゆる成り下がり者だけに、そのこせつかない風格が、忠治に一脈通じるものがあって、なつかしさに吉五郎が、つい鼻をすすると、

「しようがねえやつだ。まあ、忠治どんのお教えをよく守って、堅気の衆のために、身を粉《こ》に

すると誓うんなら、杯はやらねえが、後から見ててやるかな」

苦笑いで認めてくれた。

親分をもつことができない博徒は、半稼人《はんかにん》とか半稼打ちとか呼ばれて、親分をもつ本筋の、いわゆる筋者より、ずっと軽んじられるのが普通である。

しかし、吉五郎の場合はちがう。

小金井の小次郎は、翌安政元年に三宅島へ流され、明治元年に大赦で帰るまで、長いあいだ留守になるのだが、武州一円はおろか関八州にまで、その人品をたたえられる小次郎の、お墨つきの威力は大きい。

しかも、そのお墨つきは、国定の忠治のお声がかりという実績の裏打ちによって、与えられたようなものである。

一匹立ちの半稼人ながら、前髪がとれたばかりの吉五郎は、

「板橋の」

と、所名《ところな》つきで呼ばれる男になれたのだった。

「そのかわりにゃあ、手前でいうのははばかりだが、忠治どんの教えは、一言半句たがえず、そりゃあよく守ったもんだよ」

確かに吉五郎は面倒見がよかった。

乗蓮寺の塀外に住み、忠治の菩提《ぼだい》をとむらいながら、宿場者や旅人の世話を焼き、外圧をし

りぞけ、内紛をさばく。

明治元年で、三十の坂を越したが、島帰りの小金井の小次郎が、満足そうにうなずいたほどの、いい貫禄になっていた。

「御一新の翌年に、嫁をもらったんだが、それがこのばあさんさ。当時はこんなひび煎餅のようじゃあなかったがね」

と、六十八歳の元博徒は、老妻にあごをしゃくる。

「おじいさん。そんな、お客さまの前で、ばからしい」

おりきは、乱杭歯の口をすぼめて、

「こいつは赤塚の植木屋の娘だったが」

「あれ、およしったら」

と、老妻がうちわでたたくのもかまわず、吉五郎は問わず語りをつづける。

おりきは、吉五郎が勘当され、赤塚の親類に居候《いそうろう》しているときに知り合った娘だが、そのころは、頭から吉五郎をばかにしていた。

名主の総領息子のくせに、ぐれてやくざになる若者など、四つ下の娘からも、子どもっぽく見えてしかたがなかったらしい。

それが数年後、親類の法事に行って再会したときには、

「吉っつァんは、すっかり有名におなんなすって」

と、目を輝かせて、話しかけてきた。

例の体験談をせがみ、顔を上気させて聞き入る。春先の櫟《くぬぎ》林の中だったが、

「息まではずませやがってな。その場でできちまった」

「おじいさんおじいさん」

「だから、この女は、おれにじゃあなくて、忠治どんに抱かれたようなものなのさ」

「知らないよ。お客さま。聞かないでくださいまし」

笑い合う二人の、屈託のない様子は、子どもこそないが、実にむつまじい夫婦だという、近所の評判を、裏書きしている。

そのおりきの、内助の功もあって、吉五郎は、東京府下北豊島郡板橋町となった、かつての中山道板橋宿で、ますます重きをなしたが、明治二十七年に勃発した日清戦争の経過を見て、若い世代のたくましい成長ぶりを痛感し、老醜をさらしたくないと、引退して堅気になった。

筋者になれずじまいの半稼人だったのに、引退披露は小金井一家の肝煎りで盛大に催され、煎餅屋ののれんには、関八州の主だった親分衆が、名をつらねてくれたのである。

4

「それもこれも、忠治どんのおかげなのさ。親の七光りということばがあるが、このじじいは、

忠治どんの百光りで、生きてこられたようなもんだ。ああ……忠治どんは偉えお人だったなあ」

と、六十八歳の元博徒は、かなり長い自叙伝をとじた。

「音に聞こえた上州長脇差、大侠国定忠治伝のうち、唐丸送り板橋宿、抜き読みの一席でございます」

三尺ものの得意な講釈師が、そう結句をつけて頭を下げ、しばし鳴りやまない拍手に、晴れ晴れと陶酔しているような表情である。

しかし、ほどなく吉五郎は、その陶酔からさめなければならなかった。

はじめのころとは打って変わって、相手の反応が白け返っている。

「御高話をくわしくお聞かせくださいまして、まことにありがとうございました」

と、物腰はまだ丁重に、若い渡世人はいい、

「こんなとりとめのねえ、下手な思い出ばなしを、御高話だなんて」

笑いにしてしまおうとする、吉五郎の口元へ、ふたをかぶせるような強さで、

「その上で御無心申すは、恐縮千万ながら、お人払いを願いとう存じます」

と、両手をついた。

「お人払い……」

吉五郎がとまどううちに、おりきはもう立って、

「じゃあ、おそばでもそういって、あたしも食べてきましょう」

裏口から出て行った。

「一体なんの御用だね。うちのばばあは口が堅えんだが」

「お聞かせしねえ方がいいんじゃありませんか？」

と、急に口調をぞんざいにした男は、立て膝になって、

「今までのうそばなしを、これからはお蔵《くら》にしてもらおうと思うもんですから」

「うそばなし？」

いやな予感は走ったものの、気色《けしき》ばんで見せると、

「申し遅れましたが、あっしは上州新田郡の者で、桑次と申します」

と、名乗った。

「新田郡。すると田中一家のお身内かえ？」

忠治の刑死で潰滅した、国定一家の流れを引く者かと、吉五郎は問い返したのだが、桑次はそれには答えず、

「手っとり早く、用件を述べますとね」

ぶっきらぼうに、本題にとりかかったものである。

今度の戦争で、壮烈な戦死をとげた軍人は多いが、中でもとくに軍神と敬仰されるのは、旅順港閉塞の広瀬武夫海軍少佐（中佐昇進）と遼陽《りょうよう》会戦の橘《たちばな》周太陸軍少佐（中佐昇進）で、それぞれの郷里の大分と長崎は、栄誉をきそい合っている。

ときに、はなはだ唐突ながら、広瀬中佐は若いとき清水の次郎長に人物を見こまれたことがあるとかで、それが軍神になったために、次郎長の人気は、近ごろ高まる一方である。

関東の忠治と東海の次郎長は、本邦俠客の双壁をなすのに、国定の忠治は、とかく世故《せこ》にたけた次郎長の下風に立たされてきた。その上に、またこの差がつくのかと、歯ぎしりしていたところ、なんたるしあわせか、橘中佐が生前、

「忠治という博徒は、度胸があってよろしい。男はああなくちゃいかん」

と、よくほめていたことが、新しい調査で判明した。

「次郎長に海の軍神あれば、忠治に陸の軍神あり」

で、近づく六十年忌を絶好の機会に、忠治顕彰《けんしょう》を盛大におこなおうと、郷党の士は勇み立っている。

そこで、邪魔になるのは、吉五郎の伝える忠治像なのだと、若い上州やくざはいうのだった。

「邪魔になる？　どうして」

「どうしてって、つもっても御覧なせえな」

と、桑次は鼻先にせせら笑いを浮かべた。

「橘中佐がほめてるのは、忠治が度胸のある男だからですぜ」

御一新だ、文明開化だ、忠君愛国だという、そのときどきの御時勢に従って、忠治の暴れん坊ぶりをたたえるのを、長いあいだ控えてきたが、男は少しくらい逸脱しても、度胸があって

威勢がいい方が好ましいと、折角《せっかく》軍神が認めてくれているのだから、なんの遠慮もいらない。

これからは、せいぜい忠治の勇ましさを、誇りにしようと思う。

そういうわれわれにとって、吉五郎のように、決してやくざになるな、万一なっても、やくざは人間の屑、世間の厄介者であることを、忘れてはいけないなどと、やたらにおとなしがる、威勢の悪い忠治を語ってくれては、迷惑至極であり、ぜひとも封じてもらいたいと思って、わざわざやってきたのだと、若い上州やくざは、ずげずけいってのけた。

吉五郎の忠治談は、中山道を地元にまで伝わっているらしいのである。


すっかり受け身に回っていることに気づいて、こんな青二才にと、むらむら腹を立てた吉五郎が、

「だがな、若えの。お前なんざ、生まれてもいなかったから、わかりゃあしねえが、気に入ろうと入るめえと、これはおれがこの目この耳で実際に」

と、いいかけるのへ、すかさず桑次がかぶせた。

「見聞きした忠治どんだというんだろ？　だから、そんなうそっぱちは、もうやめろといってるんだ」

「うそっぱちだと？　やい、若造。なにを証拠に手前は」

「じいさんじいさん。悪あがきは無駄だぜ」

若い渡世人は、ここで手痛い二の矢を放った。

「第一に、忠治親分は、前髪時分から白無垢鉄火《しろむくてっか》のお旦那ばくちで、街道筋の馬方なんぞ、一日だってなさりゃあしなかったよ。講釈師の受け売りなんかしやがって、恥ずかしくねえのか」

「そ、そりゃあ、その……」

「第二にだ。忠治親分は、お仕置きになるとき、道中の主なできごとを、地元のやつらへお話しになってる。実際に前髪の餓鬼が、五合の酒を差し入れてくれたのなら、大戸へついてからの思い出話しに出てこねえはずはねえ」

「ま、待ってくれ」

「第三もほしいのか？　忠治親分は、あごから咽喉首までつながるような、不精髭なんか、生やしちゃいなさらなかった。唐丸籠の中でも、きれいにあたっていらしたのさ。お前は、だから、会いも話しもしなかったんだ。文句があるか？　どうだ」

「い、いや……」

吉五郎は口答えをあきらめた。

手文庫から、かなりまとまった金をつかみ出すと、

「なんにもいわねえ。これを石塔のはじっこにでも加えてくんな」

「こいつはどうも、そうものわかりよく出られちゃあ、立ちにくくなるが、急いでるし、折角だから」

桑次と名乗る若い上州やくざは、さっさと受けとって、出て行った。

「畜生……」

と、吉五郎はうめいた。

彼は忠治に会いはしたのである。いや、会ったといっては、正確ではない。

あの夕方、問屋場へもぐりこんだとき、土間におろされたばかりの唐丸籠が、つい鼻の先にあった。窓から四十男の大目玉がこちらを向いていた。それも一瞬で、番人の近づく気配に、吉五郎は飛んで逃げたから、

「忠治を見た」

だけなのである。

しかし、その大目玉の強烈な光りは、彼の中に雷鳴を起こしたほどだった。雷鳴は以後ずっとつづき、大きくなって行く。

そのうち、夜ふけに二人《さし》で会って、五合徳利の酒を飲ませ、ねんごろなことばをもらった――ような気がしてきた。ちょっと人に話してみたら、大いにうらやましがられ、器量さえ見なおされた。

半稼人ながら、ほとんど労せずして、侠客の席に着くことができたのである。こうなったら、どうしてあれがこしらえごとだったなどと思えるだろう。

当時上州の代官だった羽倉外記《げき》の記録でさえ、正確とはいえない部分が多い。

『国定忠治実記』『嘉永水滸伝』などは、実録本と称されるものだが、虚構だらけの読みものであり、宝井琴凌・徳寿斎来山・二代目松林伯円らの講釈師は、それこそ見てきたようなうそをつき合っている。

忠治が馬方をしていたというのは、そのうちの一つなのだが、これらを読みかじり聞きかじるたびに、吉五郎の忠治像はふくらんで行った。

人に話すたびに、吉五郎の忠治伝は、磨きがかかり、筋がこまかくなり、真実感にあふれて行った。

忠治屋などと陰口もたたかれたが、忠治をたたえることで、吉五郎は生きてきたのだといっていい。

「おれから忠治どんをとっちまったら、なにが残るというんだよ……」

と、吉五郎はつぶやいた。

そのとき、おりきのいないはずの台所で、揚げぶたのきしむ音がし、おりきの気配がただよった。

「聞いていやがった……」

吉五郎は蒼ざめて、次の瞬間、この安穏な秩序を破った男への兇暴な殺意に駆られ、久しく握らなかったあいくちを、懐に飲んで飛び出した。

地蔵坂で追いつくと、若い上州やくざは、

「おれだって、ばからしいとは思ったが、頼まれたからやってきたんだ。そんなに怒るなよ、じいさん。たかがやくざの話しじゃねえか」

と、けらけら笑う。

殺意をそがれた吉五郎が帰ってくると、

「おそばが伸びちまったよ。出かけるんなら、そういってくれりゃあいいのに」

おりきは、なんにもなかったような顔でいい、

「野郎、道々も忠治どんの話しをせがんでな。近ごろの若え者にしちゃあ、感心なやつだ」

と、吉五郎が伸びきったそばをすすりこむのを眺めて、

「そりゃよかったね」

のんびり、やさしく、答えたものである。彼女が娘時分から始終一貫、吉五郎の忠治談を、真《ま》に受けてはいなかったらしいことを知って、桑次にあばかれたよりも、もっと吉五郎はげっそりした。

板橋の吉五郎は、そののちも、忠治の六十年忌を過ぎた明治の末に死ぬまで、

「忠治どんが」

をくり返してはいたが、その語り口には往年の艶《つや》も張りもなかった。

鷹が一羽

「たかが」

というのが、東条朔之進《さくのしん》の口ぐせだった。いや、無意識についてしまったくせではない。口ぐせめかして使うおどし文句であることはあきらかだった。

無論、程度とか限界とか分際とかを表わす「高」、「たかが知れる」「たかをくくる」の「高」として、

「たかが一人や二人の百姓」

というふうに使うのであり、決してあの「鷹」のことを指しているのではない。

しかし、東条朔之進が鷹匠《たかじょう》であることを意識している相手の耳は、反射的に「鷹」と受けとってしまう。

「たかが……」

で、ほんのちょっと切るのがくせものである。そのわずかな間《ま》に相手は、お鷹がどうかしたのか、お鷹の事故から自分にどんな災難がふりかかるのかとおびえる。

公儀役人の鷹匠が、将軍家の飼い鳥の鷹を呼ぶときは、お鷹と敬うにきまっていて、鷹など

呼び捨てにするはずはない。

しかし、鷹匠に接したとたんに理性を失っているお鷹場の領民に、そんな判断がとっさに働く余裕などはないのであって、鷹匠の口から、

「たか」

という音が出れば、鳥類の鷹をどうしても思い描いてしまう。

そうさせておいてから、東条朔之進は下唇をなめて、まるでちがうことがらにつなぐ。

「野道の一里や二里」

ああ、そうか、お鷹のことではなかったのかと、相手は強い緊張をはぐらかされて、安心しながらもぐったりとする。さらに、そのことを見破られはしなかったかと、あわてて、

「へえへえ」

などと、ばかに力をこめて合槌を打ったりする。

強い緊張から早い解放へ、それだけに落ちこむ深い虚脱、そして大きい狼狽——、この目まぐるしい変化をたのしむのである。職権を濫用しているから悪質だが、すぐ刀を抜いたり、やたらに弾圧を口走ったりするような、そのままの意思表示の方がまだましで、それをそれといわず、あくまで相手の錯覚にゆだねてあるところが、なんとも陰険だった。

力造《りきぞう》がはじめてそのいいかたを聞いたのは、背戸の畑の霜囲いをつくろい終わって、納屋の隣りの小屋へ帰るときである。

菅笠をかぶって、梅小紋の手甲《てっこう》・脚絆《きゃはん》をつけた、わらじばきの侍が、縁側に腰をかけている。今しがた、玄関の方であわただしい応対があったから、鷹匠が立ち寄ったことは、力造も知っていたが、まだ母屋《おもや》にいるとばかり思ったので、離れの横などを平気で通りかかったのである。

ちょうど、女中のおぬいが茶を運ぶところだった。大かた朝の掃除の最中に、鷹匠がいきなり奥庭へ入ってきて、茶を命じたのだろう。そうでなければ、下働きのおぬいが鷹匠に茶を出す役目など、つとまるわけがない。

ふくろうに似た鷹匠の顔を見て、

〈鷹匠のくせに……〉

と、力造は思った。

なにも鷹匠だからといって、鷹に似ていなければならないことはないのだが、けものや虫ならともかく、同じ鳥の、しかも落ちついているようないないような、じっとしてきょろきょろしている、ふくろうという妙なやつに似ていることが、なんだかおもしろくない。

おぬいはひどく上がっていた。盆を目八分にもってすり足で歩くという作法は、上女中の見よう見まねで踏んでいるが、茶托《ちゃたく》がかたかた鳴る。

茶托を鷹匠の膝横にすすめると、震えは一段と大きくなって、茶の湯がこぼれそうに波立った。そのときである。

「たかが……」

と、鷹匠がいった。

ぎくりとおぬいが手を止めたために、茶がこぼれて縁側が濡れたが、おぬいは息を飲んで動かない。

戸袋の陰から盗み見ていた力造も、

〈鷹が？〉

と、堅くなった。

「一服の茶をすすめるのに、そう堅くなるには及ばない。楽にやれ、楽に」

鷹匠は骨格の割りには甲高い声でつづけた。

「は……はい。相すみません」

申しわけございません、粗相でございます、お許しくださいましと、おぬいは立てつづけにわびながら、しもやけの手で前掛けをつかみ、縁側をふく。

緊張で青ざめていた肌が、あぶられたように見る見る赤らんだ。二十三の若さの、しかし生娘《きむすめ》ではない出戻り女の血が、どくどくと息づいている赤らみかたである。

それを観察した鷹匠の、つまみ上げたように薄い鼻筋に、あるかないかの笑みが浮いたのを見て、

〈いやなことになりそうだ……〉

不安にとらわれた。

鷹匠のかたわらに控えていた大きな鷹を、撞木《しゅもく》型の止まり木にすえた見習いと、緋総《ひぶさ》のついた鷹籠と餌の雀を入れた籠をもった二人のお鳥見が、

〈早速またやっている……〉

とでもいうように、ものなれたゆるやかさで顔を見合わせたのが、不安をなおそそった。

裃《かみしも》を着けた当主の録太郎《ろくたろう》が、あたふたと走ってきて、白い息を吐きながら、

「不意のお立ち寄りのために、普段着でお迎え申しあげまして、まことに失礼をいたしました。ちょっと着替えておりますあいだに、お姿が見えなくなりましたので、仰天いたしましたら、こちらへということで。さすがは御職掌がら、御巡検の素早さ、実にどうも恐れ入りましてございます」

平身低頭するのを、

「いやいや、そのままそのまま、楽に楽に」

と、鷹匠は甲高い声でさえぎって、ふくろうのように顔は動かさず、目だけくるりと動かした。その先に、自分がどんなに不用心な〝女〟をさらけ出しているか少しも気づかない、おぬいの肉づきのいい姿があった。

城から五里四方以内に将軍家のお鷹場、十里四方以内に御三家のお鷹場というふうに、江戸

の府下には狩猟地がいくつも散在している。

力造のいる王子村も、将軍家お鷹場の一つで、政治的には王子権現《ごんげん》金輪寺の寺領だから、年貢のきびしいとり立てに泣く大名領などにくらべれば、領民の暮らしは楽だが、その代わり鷹が、泣く子と地頭《じとう》よりこわい。

軍事教練と地勢踏査の目的をもった鷹狩りは、すでに退屈しのぎの遊興と化し、したがって形式ばかりとてつもなく大形《おおぎよう》なものになっている。

びろうど羽織に紫紗《むらさきしや》ばりの綾藺笠《あやいがさ》に毛沓《けぐつ》という、源頼朝をまねたいでたちの、将軍一人のお遊びのために、若年寄・御側御用取次以下士分だけでも七八十人、足軽・小者までもふくめればおびただしい数の供が押しかける。

お鷹御用とあって、四百人近い人足が徴発されるから、村々の農作業は完全に停止してしまう。将軍の思い立ち一つで、稲がとり入れ間近だろうが、麦が伸びかけていようが、容赦なく引き抜かされる。

乱心者には番人をつけておけ、肥えだめには囲いをしろ、野犬はもとより吠える飼い犬も殺せ、高声で話すな、などと二十二ヵ条もの厳命が下る。

お鷹の餌として、生きた螻蛄《けら》を献上するために、昼のうちに煎り糠《ぬか》をまいておいた田の畔《あぜ》を、夜になると村中総出で、灯火と竹箸を両手に這い回らなければならない。

当日になればなおお大変で、将軍の野戦本営に相当するお留場《とめば》の一帯は、文字どおり猫の子一匹の交通も遮断され、御膳所という休憩所に指定された名主の家の内外は、生唾を飲みこむ音さえはばかられる。

どんな些細な粗相でも、それが、

「お鷹」

に関していれば、張りめぐらされた紫幔幕《まんまく》の葵紋《あおいもん》の威光にかけて、酷刑に処せられるのである。

お鷹場の領民の恐怖は、しかし、鷹狩りの際だけではなかった。

鷹狩りに関する一切をつかさどるのが、若年寄支配下の鷹匠という役人で、雑司ケ谷と千駄木に組屋敷を構え、それこそ、

「たかが百俵どりの身分」

にすぎないのだが、あずかっている、

「お鷹」

の御威光で、当たるべからざる羽ぶりである。

これがお鷹の日常訓練のために、府下を歩き回る。東条朔之進が録太郎家に立ち寄ったのは、その、

「お鷹ならし」

の途中なのだった。

鷹狩りの近づいたころには、鷹の数も多く、支配・鷹匠頭・鷹匠・鷹同心・鳥見頭・鳥見衆・見習い数十人という大がかりな編制で出動するが、今日は鷹も一羽のほんの小規模な一行である。しかし、不気味さには変わりがない。

なにからどう難癖をつけられて、村役人をつとめる旧家が廃絶の破局を迎えるかわからないからだが、当主の録太郎とちがって、作男の力造のいやな予感は、ほれている女にふりかかる災害について、きざしたのである。

お鷹ならしが数日にわたることも珍らしくない。その場合には、鷹匠たちは当然外泊するのだが、巡回地域付近の宿場の旅籠《はたご》を宿所とするのが慣習になっている。

旅籠といっても、平旅籠ではなく、飯盛り女という名目の宿場女郎を抱えた飯盛り旅籠であることは、いうまでもない。

お鷹宿の看板を掲げさせられたら、三味線・太鼓は鳴らせず、お鷹を驚かしたと咎められるために、なじみ客さえとれない。迷惑至極なのだが、天下りに指定されれば、どの妓楼も天災とあきらめて、

「ありがたきしあわせ」

と、お受けする。

もっとも、お鷹御用をつとめると、苗字《みょうじ》帯刀御免を得られる可能性もあるから、それを希望する者にとっては、非常な危険をともなうことでありながら、

「ありがたきしあわせ」

でないこともない。

とにかく、鷹匠の宿泊は、この王子村に立ち寄ったのなら、まず板橋宿の遊女屋ときまったようなものである。

しかし、東条朔之進のふくろうに似た目が、おぬいに向けられたのを見た力造は、そうは思えなかった。

案の定、出かける東条朔之進に、

「夕刻にはふたたびお立ち寄り下さいますように。板橋へお送り申し上げさせていただきとう存じますので」

と、録太郎が反っ歯《そっぱ》を上唇でおおいおおいもみ手したとき、若いのか老けているのかわからないこの鷹匠は、見習いから受けとった熊鷹を拳《こぶし》にすえながら、甲高い声でいった。

「板橋へは行かない。ああいう自堕落な場所は、お鷹のためにも好ましくないのでな。当家へお鷹をお泊め申そう」

録太郎の目からすうっと笑みが消え、反っ歯がむき出しになったが、それも一瞬で、

「それはそれはありがたきしあわせ。なんという光栄でございましょう。万々粗相のございませんように、あらん限りの力をつくしまして、相つとめますでございます」

と、頭を下げるのに、鷹匠はもう背を向けて、ごくさりげない口調で答えた。

「いやいや、あまり気を使うな。楽に楽に」

そして、不意にふり返り、

「たかが……」

と、録太郎をびくつかせてから、つけ加えたものである。

「三晩や四晩の泊まりだ。この離れでかまわない」


録太郎は王子権現の祭礼に、里神楽のおかめを踊るのが自慢で、嫁のおちせもそれにひと目ぼれしてきたのだと、酔えばくり返してあきないくらいの、凡庸きわまる男だが、村役人の家に生まれただけのことはあって、鷹匠の、

「かまわない」

を額面どおり受けとるほど、ばかではない。離れ座敷を宿所にしつらえろという絶対命令である。先代の喜代治が凝り性で、離れにかなりの金をかけたために、母屋にも名主屋敷にもまさる普請になっているのが、さいわいといえばいえた。

中風《ちゅうぶう》で奥の間に寝ていた喜代治を母屋の二階に移し、調度を母屋の最上のものととり替えて、村役人の常備である葵紋の幔幕を張ると、宿所として恥ずかしくない体裁になる。

しかし、そのほかの設営が容易ではなかった。

玄関に幔幕を張り、これも常備の葵紋の高張《たかは》り提燈《ぢょうちん》を立てるのは、大した手間ではないが、

「御鷹匠御宿」

の看板までは用意していない。

おぬいの父親で下男の仁助が、一刻もかかって欅《けやき》の厚板を作り、先々代からいる老番頭の嘉兵衛が、数度削りなおしてようやく筆太に書いた。

鷹は訓練がすめば緋総の籠に入るが、人間のそばでは昂奮していけないので、土蔵の中で寝かせるのがよく、三戸前《みとまえ》ある土蔵の一つをあけて、お鷹蔵《たかぐら》にしつらえた。ぎっしり入った一戸前分の家具・調度・衣類・食糧などを空にしたので、母屋の廊下までがふさがった。

それらはすべて、寝床の中の隠居が、回らない舌で下す指示によるのだったが、番頭・下男・作男、上女中・中働き・下働きの女中五人、それに当主自身に嫁と母親まで加えた相当な人手も、冷静を欠いているため効率が悪い。

どうやら粗漏《そろう》がないとなったころには、冬の早い日足がもう西へ回っていた。

そのあいだに、力造は荷物を運んだりしながら、しばしばすれちがうおぬいに、

「おい……」

と、声をかけた。

「大丈夫か?」

「え?」

おぬいはその都度《つど》聞こえなかったような目で答える。

「大丈夫かってんだよ」

「なにが……」

「な、なにがってことがあるか……」

きまってるじゃねえかとつづけようとすると、

「大丈夫」

荷物をかかえなおして行ってしまう。

まるで荷物の重さを心配されたような答えかただった。女中たちが察しのついた表情で見やるのを、気づいていないはずはないのだが、無反応である。

人目のないときぐらいは、

「どうしよう」

と、おびえをあらわに、すがりついてもらいたいのに、妙に淡々とした顔で、忙しそうに遠ざかる。

かえって、おぬいの父親の仁助の方が、目やにのたまった目を力造と合わせると、表情を浮かべた。困ったような、はにかむような、あきらめたような、卑屈な笑いをただよわせる。

親の代からの下男であり、隠居の喜代治とは一つちがいの主従である彼にとって、鷹匠がわが娘の体に目をつけたことは、不可抗力の襲来なのであって、

〈しようがねえじゃねえか〉

というよりほかはないのである。

〈お前だってそう思うはずだ〉

仁助の卑屈な笑みは、力造に対してむしろ強要の色さえ帯びはじめている。

名主の作男に嫁入って、三年ほどで後家になった、出戻り娘のおぬいを、力造が好いていることは、知ってもいるし認めてもきたのだが、みなし子で拾われ、二つちがいの跡とりの録太郎の家来として成長した力造なら、このくらいの悲運は、主家のために甘受するのが当然と、仁助はいいたいのだろう。

実は、年ごろになったおぬいを、力造に添わせたいと思いながら、名主の作男に縁づけたのも、主人のお声がかりだったからである。

日暮れにお鷹ならしから引き上げてきた一行は、土蔵に熊鷹の熊王丸をうやうやしく寝かせ、急ごしらえながらよく整った宿所の離れ座敷に入った。

上女中のおいその古着をあてがわれ、白粉《おしろい》の少しまだらになったおぬいが、台所と客間を往復するのを、勝手口の外からうかがっていた力造は、おぬいが中に入ったきりにならないうちに、納屋の隣りの小屋に帰った。

離れ座敷は五間《いつま》あるが、鷹匠のほかに三人も泊まっているので、気配はすっかりわかるだろう。見習いやお鳥見たちは、なれているから平気なのかもしれない。

〈それともいっそ……たのしんでるのかな……〉

と、思うと、嫁に行く前から抱きたいと望み、いまだに抱けないでいるおぬいの、百姓女らしくもなく肉づきの柔らかな薄皮の体が、力造のまぶたの裏で、恥ずかしさに赤らみ震えるのだった。

土間に丸くなっているむく犬の三吉が、居ずまいをなおすたびに、軽い咳をする。冷えこみがきびしくて、なかなか寝つけないらしい。

それを見おろして力造は、

「しようがねえじゃねえか」

と、仁助のまねでいった。

「お前だってそう思うはずだ」

翌朝、お鷹ならしに出かける東条朔之進は、すこぶる不機嫌だった。挨拶にきた録太郎は、

「たかが」

を連発されて、そのたびにちぢみ上がった。

「たかが」

と、鷹匠は手甲を録太郎につけさせながら、

「弁当の四人前や五人前つめるのに、いつまでかかっているのだ」

出かけるのが遅くなるではないかと叱る。

「たかが」

と、鷹匠はわらじを録太郎にはかせながら、

「五十羽や六十羽の雀なんだから、道々つかまえれば間に合う」

雀籠は空のままもって行けと叱る。

「たかが」

と、鷹匠は鷹を録太郎の顔の前で拳にすえながら、

「霜柱の二寸や三寸立ったくらいで、そんなに寒がることがあるものか」

すぐ汗をかくほど走らせてやると叱る。

見習いやお鳥見たちは、はいはいとことば少なに答え、目を伏せている。彼らには、上役の不機嫌の理由が、ちゃんとわかっているらしい。

おぬいは縁側の端にかしこまっていた。寝不足のようで、目がはれぼったい。その目をだれとも、ことに力造には合わせないように、ずうっと努めている。

恥ずかしさやうしろめたさで合わせられないのではなく、合わせて弁明する必要がないから合わせないのだといっているような、潔癖な強さがあった。

高い霜柱の立った地面に両膝を突いて、鷹匠たちを見送りながら、力造はこごえた下半身がじいんと熱くなり出すのを感じた。

そのとき、三吉の吠えるのが聞こえた。

「犬がいるのか？」

東条朔之進のつまみ上げたように薄い鼻筋が、朝日をすかして赤らみ、それが血を求めて舌なめずりする猛禽《もうきん》の口の中に見えて、

「と、とんでもございません」

録太郎は胴震いした。

「野良犬で。しかし、すぐにナニいたしますから。はい。行ってらっしゃいまし」

鷹匠たちが出て行くと、録太郎は歯をがちがち鳴らして力造を叱りつけた。

昨日は応急の接待と設営に忙殺されて、力造以外の者は犬の存在をすっかり忘れていたのだが、気づいてみたら、お鷹宿が犬を飼っていたとは、大変なことなのである。

「お前はうちをつぶす気か！　二十九年も養われた恩を忘れて、主家に仇をなすんだな？」

と、旧家の跡とりは反っ歯をむき出して叫んだ。

「子どものころから、お前ってやつは、そうきたないんだ！　捨ててこい！　殺しちまえ！　犬なんか！　犬なんか！」

音無川の岸の日だまりに、三吉を抱いて行った力造は、

「なにも子どものころからをいうことはねえだろ」

と、話しかけた。

「だが、おれは実際よく犬を拾ってきちゃあ叱られたっけ。お前ばかりを捨てるんじゃねえか

ら、あんまり恨むなよ」

この川岸で拾って一年ほどになる、およそ見ばえのしない駄犬だが、

「犬なんかっていうのはひでえよな、犬なんかっていうのは」

萱《かや》と枯れ枝で小屋風の穴を作ってやり、よんどころないときは食いちぎれる程度の細縄でつなぎ、三十にもなった男のやることではないが、別れにたっぷり顔をなめさせてから、置き去りにしてくると、録太郎は名主の屋敷へ行ったという。

名主は鷹狩りの日の御膳所もつとめているし、お鷹ならしの立ち寄りにもなれているので、報告がてら、なにかと指示を仰ごうというつもりにちがいない。

母屋の台所で、おぬいは洗いものをしていた。力造の顔をちらっと見たが、表情を変えずにすぐそらして、活溌にたわしを使う。

ほかの女中たちが、入れ代わり立ち代わり用ありげに台所へきては、そんなおぬいを観察するが、話しかけない。軽蔑と憐愍《れんびん》と反発と嫉妬と羨望と、いろいろな感情がごっちゃになって、自分でももてあましているような態《てい》である。

かえって、おぬいの方に落ちつきがあり、くそ落ちつきに属するのかもしれないが、わざわざ人目の多い母屋の台所へ仕事にくるからには、よほどの自信に支えられているのだろう。

音無川の岸で三吉のねぐらを作っているうちに、先刻の感情が薄れ、いくら逆らったところで、生娘ではあるまいし、一度男を知った女の体が、男の執拗な要求を拒み通せるはずはない

と思い、東条朔之進の不機嫌も、あまりに堪能した照れ隠しと、とれないことはないと考え、半信半疑の状態になってきたところだったから、力造は平手打ちを食らったような驚きをもって、おぬいの仕事姿を見守った。

襷《たすき》にからげ上げられた袖から、肉づきの柔らかな二の腕が誇らかに出て、活潑に動いているのを見ると、昨夜それが突っぱり、たわみ、くねり、のたうっているさまを、妄想しつづけていた自分が、おぬいにすまなく思えてくる。

だれもいなくなったのを見届けて、力造が近づき、

「大丈夫なんだな?」

と、聞いたら、怒った口調で切り返す。

「ばかだね、この人は。ほかに聞きようがないの」

「ほかにって……」

「おれを好きか、とかさ」

「え?」

と、目を見張る顔に、手の水をぴっとはじきかけて、すたすた離れの方へ歩き去った。

「大丈夫」

しかし、鷹匠が寝間の伽《とぎ》を命じたのを、一介の下女が拒み通したのは、力造が驚いた以上に

驚くべきことである。

極度の鷹狩り好きで、病的に盛大な将軍家鷹狩りの元祖ともなった徳川家康が、あるとき、鷹匠の横暴を抑圧するように、人からいさめられたところ、大いにいばらせておくがいい、下級の役人でさえこうなのだから、上級の為政者たちはどんなにか偉大なのだろうと威服《いふく》して、百姓たちは不逞《ふてい》な考えなど抱かないようになるだろうから、としりぞけたのは、よく知られる逸話だが、職権濫用を公儀が奨励しているくらいだから、鷹匠が猛威をふるわない方がむしろ不思議だろう。

録太郎は朝よりも昂奮の強まった様子で帰ってくると、隠居の病間へ男たちを集めて伝えた。

東条朔之進は雑司ケ谷組の鷹匠で、年は三十五六、鷹を扱う技量は高いが、仲間の鷹匠すら恐れをなす、酷薄な性格だそうである。

宿場の女郎屋で幅をきかすようなことはきらいで、お鷹場の中の民家に宿をとるのが好きだという。

まじめだからではなくて、地女《じおんな》を味わうことができるかららしい。

妻なる女が心神に異常をきたしていて、夫婦のまじわりがなく、ためにその方の欲望が過度に肥大しているのだといううわさもある。

真偽のほどはさておいて、堅気の女を加虐的にたのしむ肉欲の強い男であることは、おぬいの体をなめ回すような目つきでも十分にうなずける。

それが酷薄な性格のもち主であれば、下女に拒まれた腹いせに、どんな残忍な手段が選ばれるか、どんな巨大な規模がとられるか、想像するだけでも鳥肌が立つ。

生き餌の螻蛄を集めながら、

「螻蛄芸とか螻蛄才とかいうことばがあるし、すってんてんになったお手上げのことをオケラともいうが、鷹に食わせるために、泥田ん中を這いずり回って、オケラをとってる人間さまなんざ、オケラ以下だね」

と、陰口をきいた男が、お鷹狩りなどをする将軍はオケラだとののしったと、螻蛄の籠の前で切り殺された。

経血の手当てが悪く、赤い布を鷹匠の通る野道に落とした女が、お鷹を傷つけてたのしんだと、村中を裸で引き回された上に、お鷹につつかれて悶え死にに死んだ。

お鷹の尾から自然に離れた羽を、お鷹ならしから何十日もたって拾い、ただ髪に差して遊んでいた子どもが、お鷹の尾羽を引き抜いたと、石子詰めにされた。

聞き覚えのそうした話しが、だれの頭にも浮かんできて、

「鷹を殺せば七代たたる」

ということわざの恐ろしさが、きびしい冷えこみ以上に、体をぞくぞくさせるのである。

病床を囲んで、下男の仁助は、

「相すみません。とんだ御迷惑をおかけいたしまして。御勘弁願います。申しわけございませ

ん。あんちきしょう、気でも狂いやがったか。よろしゅうございます。手前がぶちのめしてでも、きっということを聞かせますから」

と、頭の下げどおしで、番頭の嘉兵衛は、

「まあ……かわいそうといやあかわいそうだが……といってほかにどうしようもないし……おぬいさえその気になってくれりゃあ……御当家の大難はのがれられるんだから……そこのとこはまあよくナニして……ナニするのが……いいんじゃなかろうかと……」

と、煙管の掃除をくり返し、当主の録太郎は、

「ものは考えよう、気はもちようというからね。苦は楽の種、捨てる神あれば拾う神ありというからね。禍福《かふく》はあざなえる縄のごとし、人間万事塞翁《さいおう》が馬というからね。負けるが勝ち、急がば回れというからね。亭主の好きな赤烏帽子《えぼし》、律義者の子沢山……」

と、むやみにことわざを並べては不適当なものまでまじえ、隠居の喜代治は、

「小……小……小……小の虫より大の虫……」

と、よだれを長く引く割りには短かい一句ですませる。

黙りこくっていた力造は、録太郎に催促されて、腹立ちまぎれの荒い声で具申した。

「おぬいちゃんの了見次第でしょう。お鷹匠が抱きたがってるのは、御隠居さんでも旦那でも嘉兵衛さんでも仁助さんでも力造でもねえんですから。おぬいちゃんは鳥やけものじゃねえんですから」

「お、お前ってやつは、すぐそうふてくされるんだ。子どものころからそうなんだ」

と、録太郎は反っ歯をむいたが、なぜふてくされた意見なのかは、指摘することができない。

しかし、怒った拍子に、彼の今まで混濁していた着想が、明確な像を結んだ。

「そうなんだ。禍《わざわい》を転じて福となす。これなんだ」

彼の家は王子生え抜きの旧家だが、名主ではない。名主につぐ組頭という格の大百姓で、屋敷には名主に準じて玄関まで構えてあるが、苗字がなく、土橋が門の前にあるので、土橋と苗字代わりに呼ばれている。

王子村には代々三人の名主があるが、近年の人口増加で、名主の増員も不可能ではなくなってきた。

苗字帯刀願いに高額の賄賂をそえれば、名主に昇格できるのだが、それにはしかるべき手づると、公儀御用への多大の貢献という証明がなければならない。

しかし、御用奇特の証明などは、権門《けんもん》の筆先一つでどうにでもなるのが実情である。

そして、お鷹匠は身分は大したものではないが、権門のすこぶる高いものだから、このお覚えがよければ、手づると証明とは一挙に獲得できる。

つまり、突然訪れたお鷹宿という災難は、土橋の家が多年抱いてきた、名主昇格という宿願を果たす、鍵になるかもしれないのだった。

彼の報告と相談を受けた名主が、お鷹匠について示した恐怖の大きさを見て、彼はそこに可能性の大きさをも感じ、賭ける気になったのである。

録太郎は苗字のついた自分を思い描いて、青ざめるほど昂奮した。

苗字は土橋をそのまま使ってもいい。しかし、土橋録太郎と土橋の録太郎とは、鷹と蚊くらいに貫禄がちがうのである。


仁助の説得が効を奏したかどうかはわからないが、その夜、今度は録太郎の嫁のおちせのお古を着て、おぬいは東条朔之進の座敷へ入って行った。

一つ下のおちせは、下女のおぬいが、中年男の生ぐさい欲望の対象になったことを、不潔がっていたくせに、亭主のすばらしい着想を聞くと、今年三つになる跡とりの芳松が、

「名主さまの坊ちゃん」

と呼ばれる晴れがましさを想像して、ほとんど陶然となった。

彼女はふと、お鷹匠が自分に目をつけたら、どんなに苦しむことだろう、死ぬよりつらいにちがいないと思い、そのつらさを味わってみるのも悪くないような気がして、ひとりそわそわしたが、おぬいへの羨ましさが湧いてきそうになったのには、少なからずうろたえたのである。

翌朝、東条朔之進の不機嫌はさらに募った。

「たかが」

と、骨格の割りには甲高い声で彼は叱る。

「一杯や二杯の味噌汁がなまぬるいとは、どういうわけだ」

「相すみません」

「たかが……香のものの十切れや十五切れが、ああ不揃いでは食う気がしなくなる」

「悪うございました」

「たかが……七針や八針のつくろいものが、いつまでかかるのか」

「申しわけございません」

「たかが……わらじの二足や三足、もの惜しみするな」

「御勘弁くださいまし」

「たかが……四間《よま》や五間《いつま》の掃除……」

と、粗相の指弾はもうおぬいに集中している。

こう乱発されては、周囲の者も当初ほど緊張しないが、それでも、

「たか」

と、発音するたびに、つまみ上げたように薄い鼻筋の通った顔は動かさず、ふくろうのような目だけをくるくると丹念に、緋総の籠の熊鷹へ向けるので、やはりいちいち油断はできない。

あごの張った見習いと、馬見・猿見と称した方がよさそうな二人の鳥見役人とは、賛同一つ諫止《かんし》一つするでなく、上役の焦燥ぶりを眺めている。

鍛え上げた役人のみごとなふてぶてしさだが、どうも人間離れしていて、見ようによっては、

いっそ悪質でも陰険でも自制を失うだけ、鷹匠の方がまだしも人間的である。

おぬいは落ちついていて、しかも無表情ではない。はじめて東条朔之進に茶をすすめたときの上がりようが、同じ女のものではないように思える。自信の正体がわからない。

ひょっとしたら、すでに男に抱かせてしまったゆえの、女の強みなのだろうかと、力造は思ってみて、すぐ打ち消した。

力造と目が合ってもたじろがない。

「聞いたらどうなのさ、大丈夫なのかって」

とでも開きなおっているような目である。

肌までが、肉づきの柔らかいなりに、張りと輝きをもってきているように見えるのは、ほれた欲目かもしれないが、まず八分九分、犯されていないといってよかろう。

しかし、それにしても不思議である。

男は葵紋の権威を背負った天下のお鷹匠、女は人身御供《ひとみごくう》よろしく因果をふくめられ得心した下女、場所はものなれた下役たちのはべる離れ座敷と、これだけ条件が揃っていれば、女がたとえいくら頑強に抵抗したとしても、男がどうしても犯せないはずは皆無に近い。

もし、あり得たとすれば、屈辱感か憎悪かで、男はきっと女を殺すだろう。それがこうして生きている。奇蹟というほかはないではないか。

東条朔之進たちがお鷹ならしに出て行ってから、力造がそれを尋ねようとすると、録太郎の母のおなかが、嫁をつれて離れへやってきた。

二人は昨夜の首尾を確かめにきたのであり、おぬいが否定すると、恥ずかしいから隠すのだろうと食い下がる。

「隠さなくてもいいんだよ。みだらなことじゃないんだから」

「そうですとも。立派に御用をつとめてるんですものね」

「村役人の家のつとめでもあるんだ」

御用だ、つとめだと強調し、いかになんでも手ぐらいはお握りなすっただろうとか、枕元は明るい方がお好きなのかとか、あの長襦袢《ながじゅばん》はお気に召したかしらとか、いやに具体性を帯びている。

二人とも、力造が石燈籠のわきで薪を割っているのにおかまいなしで、なまあたたかく濡れた声でうれしそうに尋ねているのだから、呆れたものである。

ことにおなかの方は露骨で、根掘り葉掘りしては、自分で勝手にたかぶっている。その態度の中には、おぬいはどうせ傷もの、それも下女なのだという、雇い主の傲慢な意識があぐらをかいているのだった。

おなかとおちせが、この旧家の危急存亡を救うのはお前しかない、お前はお鷹如来《にょらい》だなどと、聞くにたえない世辞でしめくくって、母屋へもどって行くと、力造が話しかける間もなく、上女中のおいそが、つづいて中働きのおかよが、それから下働きのおひでとおまきがというふうに、入れ代わり立ち代わりやってきて、慰め励ましながら、おぬいの変化をさぐる。

とんと、山中の妖怪に差し出した人身御供を、見届けにやってくる里人といった様《さま》で、

「まだ食われていないいな……」

と、下山して行く。

ただし、この旧家の、ひいてはこのお鷹場の村の命運がお鷹匠の一存にかかり、それが仲間の女中の一念にかかっているのだという危機感は、みんなが共有していた。

それでいながら、破滅の恐怖をたのしんでいるようなふしがある。

隠居の病間に集まっては、堂々めぐりなりに、深刻な談合をしている男たちとは、くらべものにならない、女のたくましさだった。


力造はばからしくなって外へ出た。筑波おろしの東北風《ならい》が吹き渡る青空に、揚げ忘れのような武者絵凧が肩をすくめている。

鷹匠たちの姿は、力造の見当どおり、飛鳥山の崖下にあった。元来、鷹匠は平時には地理地形を踏査し、戦時には軍勢を案内誘導するのを役目としてもいたから、軍事性が全くなくなってからも、地勢には精通している。だから、地元の領民の地理感覚で、所在を突き止めることもできるのである。

鳥見役が籠からつかみ出した雀を空へ放すと、鷹匠の拳に止まっていた大きな熊鷹が、羽音

もすさまじく舞い上がり、爪の一撃をくれる。雀は石ころのように落下する。それをとらえる見習いや鳥見役が、

「上意！　上意！」

と、叫ぶのだから、なんとも噴飯ものだが、笑っては一刀両断に殺される。叫ぶ役人たちは、少しもおかしいことではないと思いこんでいるのだから、余計ばからしい。

鷹はつまらなそうに鷹匠の拳へもどる。つまらなそうにしているのも道理で、この熊王丸ぐらいの熊鷹になると、野兎や狐をとらえる力がある。雀などでは余裕がありすぎてしかたがない。

それでも、両翼を一杯にひろげて襲いかかるときの圧倒的な威容は、鳥というよりは翼ある猛獣といった獰猛さである。

力造にはそれが、巨大な「公儀」そのものに見え、束の間だけ飛び上がっては、たちまちいとも簡単に殺される雀が、矮小《わいしょう》なおぬいや自分に思えた。

もうかなり斜めになった冬の日ざしを、逆光気味に浴びて、くろぐろと半影になって動く東条朔之進を見ているうちに、力造はそのお鷹匠がすこぶる生き生きとしているのに気づいた。

土橋の家の離れで、

「たかが……」

などと眉根にしわを寄せてばかりいるあの中年の役人とは、ずいぶんちがうのである。

がっしりした骨格が鷹使いに適しているし、甲高い声もこの冬ざれの凛冽《りんれつ》たる大気の中で響くと、まことに似つかわしい。

動作もはなはだ俊敏で、

「ありゃあ！　とう！　いええっ！」

などという剣術のような掛け声とともに、冬木立ちの斜面を駆け上がり駆け降りるのが、力造の目には、まことに英姿颯爽とでもいいたいものに映った。

鷹は生物である。鷹を使う東条朔之進は人間である。ともに実像である。

お鷹は権威である。お鷹をお頂かり申す東条朔之進は機構である。ともに虚像である。

一羽の鳥、一人の人間が、実像であったり虚像であったりする。

領民たちの見ていないところで使うときには、熊王丸は一羽の熊鷹、東条朔之進は一人の鷹匠になることができて、生命が躍動する。

ところが、領民の見ているところでお使い申し上げるときには、熊鷹はお鷹という虚像、鷹匠はお鷹匠という虚像になってしまう。生きているあかしがない。

このむなしさから這い上がり、生きているあかしをつかみとろうとする悪あがきが、東条朔之進の、

「たかが……」

のいたずらであり、地女あさりであるのではないか。

分析的にではなく、ごく漠然と感覚的にではあるが、そう力造が別人のような東条朔之進を見ているのを知らず、中年のふくろう顔をした男は、鷹のように舞い躍っていた。

四日目の朝、もうお鷹匠は
「たかが」

のひとことも用いない。

昨日まで抜けるように晴れつづいた空が、氷雨《ひさめ》もよいに曇っている。

その曇り空の下を、熊王丸を拳にすえて出て行く東条朔之進の姿は、螻蛄のように見すぼらしい。

母屋の人間たちは説得に疲れて、離れに一人残ったおぬいを、息をひそめて見守っている。

大鷹に見入られた小雀のような存在だった下女が、この旧家全員の、いや、お鷹場領民全員の、さらにお鷹匠までをもふくめた人間たちの、生殺与奪の権を握った形となった。

力造が呼ばれて、氷雨が降り出した中を、母屋の病間へ行くと、中風の上半身を重ね夜具にもたせた隠居の喜代治が、よだれを長々と引いて、

「力《りき》……力……力が……やっておくれ」

「あたしが、なにを、です?」

「お……お……おぬいを……あき……あき……あきらめさせ……」

あ、と力造は思った。

おぬいは力造のために操《みさお》を守っているから、お鷹匠に抱かれることができない。力造がおぬいをあきらめさせてくれさえすれば、お鷹匠の寝間のお伽がつとまる。隠居はこういうのである。

亀の甲より年の功で、ものごとの真《しん》を見抜いている、と力造がいっては、いい気なうぬぼれになってしまうだろうが、少なくとも、力造がそらそうそらそうとしてきた、自分の煮え切らなさへの一喝を、中風の隠居のよだれまみれの口がやってくれたことは、確かだった。

力造が離れへ行ったのは、しかし、逆の訴えをするためである。

手ぬぐいを姉さんかぶりにして、裾をはしょったおぬいが、押っ立て尻で縁側を拭いていた。姿が板についている。

縁側に腰をかけて、口を切ろうとしたら、

「大丈夫?」

と逆の先《せん》をとられた。

「だれが」

「力《りき》さん、平気なのっていうんだ」

「なにが」

「あたしが大丈夫じゃなくなりそうなことが」

「よ、よせよ。おどかすない」

「力さんをおどかしてなにになる。お前さんみたいな、女ってものを知らないおたんちんを」

掃除で高まった肌のぬくみが、胸元からむっと甘酸っぱく上がる。

「どういうことなんだ、一体」

と力造は膝を揃えざるを得ない。

「ふり向かずに聞いてて。一気にいっちまうから」

おぬいは力造に、反問の隙も合槌の間《ま》も与えない早さで語った。

泊まりはじめの夜、東条朔之進はおぬいを力ずくで組み敷いた。おぬいはそれまでは、なかば観念していたが、力造を思ったらあきらめきれず、死にもの狂いで抵抗した。

鷹匠はなおもおぬいの体を無理やりに開いたが、おぬいの抵抗のすさまじさに鼻白み、急に遂行できなくなってしまった。

激怒したが、遂行できなくなってしまったのは自分なのだし、おぬいを殺してもこの屈辱感は消えないし、こんなことを表向きの理由にして、無礼討ちなどできはしない。

次の夜は、組み敷いているうちに、暴発して不覚をとってしまった。優越感の強い彼は、落馬も同然の不覚をとっては、つづいて駒の頭《かしら》を立てなおす気にはなれないのである。

そして、昨夜はなんと、肩を引き寄せるか引き寄せないかのうちに、なえてしまった。

いわば、常勝将軍が連戦連敗で茫然自失した状態なのだが、彼は昨夜自分の敗因をこう分析している。

今までお鷹場の名主や組頭の家をお鷹宿にして、地女に寝間の伽を求めると、それが当主の女房であっても、拒まれたことは一度もない。

それはお鷹匠東条朔之進の絶大な権勢を恐れての泣き寝入りなのだが、鷹匠東条朔之進はそれを自分の実力と思っていた。この過信のおかげで、彼は常勝将軍だったのである。

ところが、はじめてお鷹匠東条朔之進に抵抗する女が現れた。衝撃で、鷹匠東条朔之進は自信を失ってしまった。

今までほんの形式だけですませていたお鷹ならしに、精をこめるようになったのは、そのためである。

「わかった？　あたしの大丈夫だったわけが」

「わかったよ」

「じゃ、大丈夫じゃなくなりそうなわけは？」

「そいつがわからねえんだ」

昨夜、なえてしまったとき、東条朔之進はおぬいの肩を離して、ああ、おれはいやなやつだったんだなあと嘆息した。虚勢の剝げ落ちた人間の、見すぼらしいながらいじらしい姿があった。

「少なくとも、心配で心配でたまらない女に、大丈夫かなんぞと虚勢を張って見せる男よりは、さ」

「なにを？」

手がからみ、抱擁となり、もつれ合いながら座敷へ上がった。障子がしまった。


やがて、雨でお鷹ならしを中止したお鷹匠たちが帰ってきた。

つづいてすぐに、気が気でなくなった名主が訪れて、力造は母屋の病間に呼ばれ、おぬい説得の結果を報告させられたが、脈がありそうだからもう二三日貸してくれと、出まかせを答えた。仁助は黙って手を合わせ、男たちは口々に激励した。

納屋の隣りの小屋へ帰ろうとして、土蔵の前を通りかかった力造は、お鷹蔵にした方の戸前が少しあいているのに気づき、中をのぞいてすくんだ。

緋総の籠に入った熊鷹の見おろす土蔵の隅で、東条朔之進が女を犯していた。信じられないことに、女はおぬいだった。

なお信じられないことに、おぬいはほとんど抵抗のあとも見せず、こちらへ向いた眉根をしかめているのも、苦痛のためではないらしかった。

つい今しがたの快感が残る下腹が、急激に冷えて行き、頭ばかりががんがん音を立てて上気して行くのを、力造は自分の体のことではないように感じていた。

昼下がりから雪になった。小屋の戸にぶつかる音がするので、舌打ちをしながら力造が開けると、犬の三吉が震えている。

細縄の切れかたから見ると、やっと噛み切ってきたようである。まる二日半、だれにも拾われずに、食いも飲みもしなかったらしい。

雑炊を作ってやるとむさぼり食い、炉のそばに丸くなって目をとじた。

「犬も朋輩《ほうばい》、鷹も朋輩というが……」

と、力造は見おろしてつぶやいた。

同じ主人をもてば、気が合わなくても同僚だから、仲よくするようにということわざだが、犬の中にだって、鷹犬という歴《れっき》とした犬もあり、上げ膳すえ膳で養われている。

「それにくらべてどうだ……。ちがいすぎらあ……。お前なんか、生まれてこなきゃあよかったんだよ。生まれてこなきゃあな」

力造は録太郎に、おぬいが合点したと告げた。録太郎は大喜びで、まだ当家にいた名主とともに、離れのお鷹匠の御機嫌をとり結びに行った。

その隙に、合鍵を盗んだ力造は、三吉をつれてお鷹蔵へ入った。駄犬の三吉が消え入りそうに威圧されてしまったのも無理はない。

「鷹は飢えても穂はつまず、か……。なるほどね……」

薄暮の迫った土蔵の中でも、それは息を飲む威容だった。後頭部に長く伸びた羽冠が、烏帽子のように貴族的で、眼光は炯々《けいけい》、くちばしは獰猛、爪は鋭利、純白に黒褐色の横縞の整然と入った十二枚の尾羽が、狩姿の行縢《むかばき》に似て、まさしく将軍の名に価する。両翼の保呂羽《ほろは》も、その下の長い風切り羽も、ひろげて見れば完全無欠だろう。非の打ちどころのないのが欠点だといいたいくらいに、憎々しく立派だった。

尾を垂れて卑屈な上目使いでうずくまる三吉と、胸を張り脚を踏みしめて傲然と見下ろす熊王丸とでは、全く犬も朋輩、鷹も朋輩などとはいえない、値の開きすぎる命二つだった。

力造が緋綜の籠からとり出して、止まり木ごと床におくと、三吉が唸り出した。熊王丸は軽く一蹴しようと舞い上がったが、脚をつないだ紫の緒が短かく、自分の力でぐっと下に引っぱられる形になり、これがうろたえを誘った。

先《せん》をとって優位に立った駄犬が、吠えはじめた。遅れじとたけった熊鷹が叫び返した。東条朔之進たちが駆けつけたときには、羽毛を散らし、砂埃を巻き上げて、一羽と一匹が戦っていた。

お鷹匠は土蔵の戸前で、一同とともに一瞬啞然としたが、次の瞬間にはもう足袋《たび》はだしで突っ走り、腰をひねりざま、

「上意！」

と、抜き討ちにした。駄犬はきゅんと丸くなって飛び上がり、どさっと落ちて死んだ。そのそばで身づくろいした熊鷹は、緋綜の籠に恐る恐る入れられた。

血刀を下げたお鷹匠が向きなおった。精気みなぎる目である。とっさに力造は、最前の光景

を了解した。この男ははじめておぬいとの交合に成功したのだろう。

しかし、その成功をおぬいが助けたのはなぜなのか、力造にはわからないし、もうわかろうとも思わない。

お鷹匠のふくろうのような顔が近づいた。つまみ上げたような薄い鼻筋が迫った。科《とが》は重い。いや、きっと重くされる。この酷薄な虚像の動かす筆先一つで、累《るい》は次から次へと及ぶだろう。そこに目を丸くしたまま立ちつくしている、柔らかな肉づきの赤らんだ出戻り女は無論、その父も、その主人も、そしてその家も、さらには村さえもが、そこなわれて行くにちがいない。

「たかが……」

と、力造はちょっとことばを切って見せ、

「鷹が一羽でこの騒動」

頭からいいなおしながら、ばかにのんびりと節をつけて、お鷹匠の刃《やいば》に向かった。

血みどろ絵金

1

先供《さきとも》のただならない叱咤の声で行列がつかえ、周囲の供侍《ともざむらい》がばらばらと走って行くと、側女中も乗物をおろした陸尺《ろくしゃく》も、ついつられて追い、金蔵と熊平だけが残った。朱漆塗りの女乗物の中で、徳姫の扇が鳴ったのは、そのわずかな間《ま》である。

小者の分際で直答《じきとう》申し上げるなど、思いもよらないことだが、その鳴らし方は、自分の意志の発するところいささかの猶予も許さないといった、癇性《かんしょう》な烈しさをもっている。

金蔵と熊平はうなずき交わして、扉の両側にうずくまり、御用承りのことばを出そうとしたが、それと気づいて小走りにもどった老女に、険しくとがめられ、退《すさ》りもできず、その場に低頭すると、

「酔うた」

かすれた、そのくせぬめぬめと粘液質な、若い女の声である。高知を発って以来、乗り降りの都度《つど》駕籠脇を遠ざけられていた陸尺小者が、はじめて間近に聞いた土佐藩主息女の肉声だっ

た。

老女に介添えされて、地上に降り立った徳姫が、蟬丸《せみまる》神社の石段前で、御医師のすすめる乗物酔いの丸薬を服しおわるころには、街道筋の馬子が突然荒れた馬を追って、行列の供先を横切ったことがわかったが、金蔵は供頭の声高な報告を、上の空に聞いた。扉の前の地上にある、それを見てしまったからである。

それは生々しい血の色だった。やや黒ずんでいるために、かえって鮮やかで、おずおずと萌え出た雑草の薄緑の中心を、驕慢《きょうまん》に占領している。

〈蘇芳《すおう》じゃ……〉

と、金蔵は目で絵具をといたが、それが徳姫の体から離れ落ちたものに相違ないことを知った瞬間、なぜかおびえた。ほとんど同時に、彼の指が意志とは別にそれをつまんで、懐中へ入れていた。ごく上質の綿と薄紙の感触が体を突き抜けた。

するると、それまでずっと石段下の徳姫を見つめていたらしい熊平が、

「お前《まん》も臭《かざ》をかいだろう」

「臭《かざ》？　なんの」

「いや」

と熊平は唾を飲みこんで、

「気づかにゃええぜよ」

目に昂奮の濁りがある。大名の息女にも、月の障《さわ》りがあるのだという簡単な事実に、衝撃を受けたのは明らかだった。

「逢坂山《おうさか》か。大昔はこれから先を東国いうたそうじゃのう」

なんとはないことばを返しながら、金蔵は自分ものどが乾いていることに気づいた。

暫時の休息がすんでもどってきた徳姫が、乗物へ入る前に、さりげなく地上を点検する気配を、平伏した金蔵は感じた。

〈落としものをさがしゆう……〉

見てはならないと思ったときには、もう上目づかいに見ていて、徳姫の突き刺すような視線とぶつかり、はっと伏せた背筋が冷たくなった。徳姫は身をひるがえして女乗物に入り、

「お立ァちぃィ」

触れ声が前後に逓伝《ていでん》した。

金蔵の父親丹兵衛は、戦国時代に土佐を統一し、四国一円に覇《は》をとなえた、長曾我部《ちょうそかべ》氏《うじ》の臣《しん》下《か》の流れで、祖父の代までは郷士《ごうし》だったが、そこからも転落し、高知城下の新市町に髪結い床をいとなんでいた。一銭職《いっせんしょく》と卑しめられる屈辱にたえながら、一粒種の金蔵を育てるうちに、伜《せがれ》が画才に恵まれていることがわかると、掛川町に住む狩野派《かのうは》の絵師池添美雅に入門させた。

山内家に征服された旧領主長曾我部家の末は、仕官してもせいぜい下士上位の郷士どまりだ

し、髪結いなどのかせぎでは、町人郷士の資格を買える力もない。自分でも多少の絵心がある父親は、伜の画才に先祖代々の鬱屈した魂の発揚を期待したのだろう。

金蔵の天分は師を驚嘆させた。

構図は大胆奔放でありながら集約力も強く、筆致は躍動性に富みながら緻密な粘着性もあり、色感は挑むように鋭く吸いこむように深い。

伝統的な美意識と手法と権威を墨守《ぼくしゅ》する狩野派絵画の枠から、大きくはみ出して行く力がある。

「異骨相《いごっそう》の絵じゃ」

金蔵の絵のたくましい反逆性を、池添美雅はそんなふうに評したが、異骨相とともに、金蔵は巨軀を父親から受けついでいた。それが彼を新しい世界へ押し出したといえる。

大名の妻子は人質同様江戸にいるのが原則だが、中以上の大名は国元に正室格の御国御前《おくにごぜん》と呼ぶ側室をおく。徳姫はその側室腹である。母親が病死したために、今度正室に引きとられるらしい。

藩のお抱え絵師である美雅の推挙により、身分のない金蔵は、駕籠かき人足の陸尺小者として行列に加えられ、江戸へ絵の修業に行けることになったのだった。

すでに彼の画才を認めていた城下の風流人が、送別の宴を張ってくれたが、その席から帰ると父親は、

「上品なまやかしものより、下品でもかまんきに、ほんものをつかんでくることぜよ」

と、にらみつけた。

店で下剃りをしたり、常得意《じょうとくい》の家を回って女の髪を結ったりしている母親は、金蔵の月代《さかやき》を剃り、髪をすきながら、

「芝居をどっさり真《しん》もって見なんせ」

帰ったら話してくれ、それがなによりの土産だといってから、

「いっつもただ絵描きとしてだけで通すようにな。ほかの御政事向きのことや人さんの間柄には、首を突っこまんようにな。ことに親元の話しなんぞせんようにな」

と、声をうるませた。

あとになって、思い当たるふしもあり、なぜ反問しておかなかったかと悔やまれたのだが、そのときは、女親らしい別離の愁嘆としか受けとれず、真向きに対するのが気恥ずかしくて、金蔵は乱暴に答えた。

「心得ちょるちや。私ァ《あし》武家は好かんし、面倒《ごうされ》なこともきらいじゃきに。もうやめとうせ」

指のしなやかさと体臭の甘さとともに、首筋へ落ちた滴《しずく》の生温かさを、道中でもときどき記憶によみがえらせることはあったのだが――。

逢坂山を越えた夜は、大津の本陣泊まりである。十人の陸尺は安旅籠《はたご》を割り当てられたが、

就寝までの一刻を抜け出した。飯盛り女でも買いに行ったと見える。

金蔵は宿場で求めた数枚の稚拙な大津絵を広げていた。

大津絵は、室町末期の内乱で貴族・武家・社寺の庇護を離れた画人の末流が、町絵師となって生活のために描いた、安価なみやげ絵である。鬼の念仏とか藤娘とか瓢簞鯰《ひょうたんなまず》とかが画題だが、筆勢は弱く画一的で、民衆芸術の生気に乏しい。

だが、草創期はこんなものではなかったろう。

国元でよく見た芝居の一つに、『傾城反魂香《けいせいはんごんこう》』というのがある。

弟弟子《おとうとでし》に先を越された浮世又平が、悲嘆のあまり自害を覚悟し、手水鉢《ちょうずばち》を墓石と定めて自画像を描くと、念力通って絵が石の裏へ抜け出たので、奇瑞《きずい》に感じた師の土佐将監光信は、土佐又平光起の名のりを許す。

土佐派の名は土佐の地とは無関係ながら、極度の言語障害を負った又平の、愚直一徹な努力が感動を呼び、『吃又』の通称で土佐でも人気が高い。

このあと、大津の里の又平住家の場では、館の姫銀杏《いちょう》の前を追ってきた悪人ばらを、又平の描いた大津絵から抜け出した人物が、さんざんにこらしめるのである。

公卿階級に寄食する土佐派と、武家階級に依存する狩野派の大和絵画人たちを、町絵師の世界に登場させ、民衆絵画の未来を志向したのが、原作者近松門左衛門の偉大さだが、それにくらべてこの大津絵は、そして現在自分の修業している狩野派の絵は、なんという空虚な形骸だろう。

早い話しがもしかりに、この道中で悪人ばらが徳姫を襲うことがあるとして、又平の奇蹟が再現するような力は、自分の絵筆には絶対にない。

金蔵は憂鬱になったが、

〈なんでおらァは、あの姫さまのために命がけになることなんぞ考える。どうかしちょるぜよ〉

妄想のくだらなさに頭をふった。

聞けば、行列の供先を横切った馬子は、道端の松陰で無礼討ちに切り殺されたという。やもめらしく、幼ない子を背負っていたが、その子は父親の死骸にくくりつけられたまま、火のついたように泣き狂っていたそうである。いわれてみると、どこかで赤ん坊の泣き声を聞いたような気もする。

髪結いの伜や馬子などは、大名や上士にとって、馬蹄《ばてい》の前の雑草ほどにもない存在だろう。まして、父親はほんものをつかんでこいと教え、母親はただ絵描きとして生きろとさとすが、巨匠俊才ひしめく大江戸の美術界に、たかだか南国の一城下町で認められかけたくらいの若者がほうりこまれて、一体なにがつかめ、どう生きられるというのか。

出立以来はじめて、旅愁と無力感に襲われた金蔵は、懐中のものを出して眺めた。綿にべったり張りついた傲岸な蘇芳色は、先刻より少しばかり死へ近づいていたが、それでも、鼻に当てると、命そのもののように十分に生臭い。

殺された馬子の背中で泣き叫ぶ、赤ん坊の幻聴が漂い出てきたのにうろたえて、彼はそれを大津絵の紙で幾重にも包み、手荷物の底へ押しこんだ。

熊平は旅籠に残って、もう床に入っていたが、そのうちに、むっつりと便所へ立った。なかなか帰ってこない。

ふと妙な空想が生まれ、それがある恐ろしい像を結びはじめたのにはっとして、金蔵は安旅籠を裏木戸から抜け出すと足を早めた。本陣は宿場の中ほどの、古格を誇る大旅籠である。奥庭に踏みこんだとき、側女中の金切り声が起こり、ついで侍たちの足音が入り乱れ、間もなくざんばら髪の熊平が、徳姫の部屋と覚しい縁先に引きすえられた。

大名息女ともなると、本陣の風呂には入らず、国元から運ばせてきた専用の風呂桶を使う。その姿を盗み見に、熊平は忍び入ったらしい。命にかかわる冒険とは、だれが考えてもわかるのに、彼は敢行したのである。

逢坂山でかいだあの〝臭《かざ》〟が、そんなことを考えもしなかったはずの彼に、徳姫の〝女〟をとり憑かせ、狂気に駆り立てたのにちがいない。

その危険を朋輩《ほうばい》のためにもっと明確に感じ、そらしてやらなかった自分を責めながら、植えこみの陰にひそんだ金蔵の前で、やがて信じがたいほど残虐な絵が描かれはじめた。

縁側に現れた徳姫には、入浴した様子がない。多少とも女の生理にふれていたら、そのくらいの判断はつきそうなものなのに、金蔵より七つも年かさの熊平に、それをすら失わせた衝撃の深さが、痛ましかった。

徳姫がなにか小声で命じると、熊平は下帯もない素裸にされ、姫の懐剣を下げ渡された。

士分扱いとしての切腹なら、小者にとっては恩典の沙汰だが、実際の切腹が腹へ刀を突き立てると、すぐに首を打ち落とされることになっているのに、侍たちに首斬り支度がないところからも、最大限の苦痛を与えようとの徳姫の意図は察しられる。

入浴をのぞき見るのは、許しがたい罪だとしても、この処刑は苛酷すぎはしないか。まして、うら若い生娘《きむすめ》の発意にもとづくものなら、なおさら異常だろう。

あるいは、小者ごときが自分に女を感じたことを、恥辱としているのかもしれない。としたら、その憎しみは、あれを拾って彼女の生理を知った男に、向けられているはずである。

〈熊平はおらァとまちがえられちょるがじゃなかろうか……〉

金蔵は戦慄した。桃の花の甘酸っぱい匂いが流れてくる。

名前に似ず色白な熊平の裸身が、土の上にともされた百目蠟燭の炎にゆらめき、春先の闇を一層濃くした。自分の演出する惨劇の展開を、縁側に坐った若い女は、なめるように見物している。

一言の弁解も愁訴《しゅうそ》もせず、裸の男は懐剣を抜き放つとべろべろ刃をなめ、やにわに手を躍らせた。側女中たちが悲鳴を上げて顔をおおう。

征矢《そや》の早さで真紅のしぶきが走り、ついでおびただしい量の血が噴き出した。

「おう……おう……おう……」

男は片足を大きく踏んばり、掛け声でおのれを励ましながら、ゆっくり懐剣を引き回して行く。目玉は、飛び出して女に食らいつくばかりの猛々しい勢いで、見開かれている。

それを、女は受け止めているのである。やや八の字にひそめた眉、逆に吊り上がった目、強くつままれたように肉の薄い鼻梁の端でふくらんだ小鼻、半開きにうごめく唇——、それらのすべては苦痛のゆがみと見えて、実は陶酔のおののきであることはまぎれもない。

さらに腹は切り裂かれ、蘇芳色の蛇のような臓物が、身をくねらせながら這い降りはじめた。

驚いたことには、その中で熊平の〝男〟が怒張している。断末魔に際して最も無意味な現象であるだけに、それは完全な生の燃焼でもあった。

〈あいつ、まっこと、姫の体にほれちょる……。たまるか……〉

閨房《けいぼう》の泣き声に似た恍惚の吐息が、膝をよじった徳姫の唇から洩れるのを、金蔵ははっきりと聞き、そして自分もはじけるのを認めた。

ようやく熊平は突っ伏したが、地上にたたきつけられた髪の毛が、徳姫にからみついて行くように、まだしばらく執拗に波打っていた。

毒々しい盛装とあからさまな素裸とがからみ合った、この夜の血みどろの光景は、神と悪霊との卑猥な強姦であり、荘厳な和姦でもあり、祭典と呼ぶよりほかにしようのない、不届き至極に官能的な美の乱舞と、金蔵の眼底に焼きつけられた。

翌朝、問屋場《といやば》から人足を一人雇って陸尺の欠員を埋め、行列は坦々と東へ進んだ。

泊まり泊まりで金蔵は凌辱《りょうじょく》の夢を見た。男が女を犯す夢ばかりではなく、女が男を犯す夢もあった。加虐の役にも被虐の役にも、苦痛と陶酔の表情が重なっていた。

文政十二年、金蔵十七歳の春である。

2

江戸城お城絵師狩野洞白に師事し、あわせて前村洞和にも私淑、弘瀬洞意の名のりを許された金蔵が、最初に受けた江戸の印象は、民衆の対人意識の闊達《かったつ》さだった。

大名行列が通っても、土下座に及ばず、立ったままやりすごしたり、武鑑片手に品評したりしてもかまわないという、社会制度上の特典も作用して、最下層の裏長屋の住人でさえ、あまり侍をこわがらないのである。

土佐の民衆も、他の諸国にくらべれば、南国らしくずいぶん闊達だが、それも民衆同士の接触に限るのであり、武家に対しては、そうは行かない。

武家の機構では、家老・中老・馬廻り・小姓組《こしょうぐみ》・留守居組の上士と、郷士・用人・徒歩《かち》・組外・足軽の下士とでは、完全に一線が画されている。「お侍」「士格」と呼ばれるのは上士だけで、下士は「軽格」と蔑称され、侍扱いを受けないのが、実状である。

他の藩にも例が絶無ではないが、外来領主山内系の旧勢力長曾我部系鎮圧政策のために、土佐藩はことに差別観念が強く育った。

その「軽格」の下士の、さらに下に位するのが、町人・百姓・漁師だから、ごく一部の富裕な町人は、経済力でわずかに拮抗しているものの、概して庶民に対する武家の蔑視ははなはだしい。

しかも、金蔵はその庶民の中でもさらに〝地低《じびく》い〟髪結いの倅である。

小者の職責は解かれたが、住居は築地の下屋敷の中長屋の端、足軽・小者の相部屋だった。藩絵師見習いの格も正式ではない。

そういう下郎が、綿服にもせよ私用の常着《つねぎ》で外出し、江戸の名だたる絵描きや風流人とも話しを交わしてくる。相手にはかなりの幕臣さえいるらしい。目ざわりで、つい意地くされをしたくなるのだろう。

若い徒歩《かち》などが庭で、

「金床《きんどこ》よ。髪を結わせちゃるぜよ」

と、立ちふさがったりする。

「髪なんぞ、どういて」

「お主《んし》ァ髪結いの倅じゃいか」

「今は絵描きですきに」

会釈して遠ざかると、

「おどれくそ。いきりきっちょるねや」

罵声に追われる。

先祖代々江戸屋敷詰めで、国元を知らない定府《じょうふ》者は都会人だが、隔年の参勤交替で江戸詰めになる勤番者の集団は、国元がそのまま引っ越してきたようなものだから、金蔵は依然として、

「最下位《げっつ》の若輩《じゃくい》やつ」

にすぎない。

上士から人でなしと軽蔑されている下士が、庶民を人でなしと軽蔑したがる、その差別意識があさましく、

〈目くそ鼻くそを笑ういうやっちゃ。あほだら〉

と、業《ごう》が煮えるが、面と向かって逆《もが》うことはできず、息がつまる。

だから、市中へ出ると気が晴れた。母親のいいつけを守って努力するまでもなく、自然にふるまっていれば、絵描きで通る。

薫風《くんぷう》に乗って町を駆け抜ける鰹売りを呼び止め、江戸にも鰹があるのかとたずねて、血の雨が降りそうになったことがある。

「お江戸は鰹の本場だァ。とんちきなことをぬかしゃァがると、向こう脛たたっくじくぞ。場

ちげえの椋鳥《むくどり》めェ」

　鎌倉あたりから夜駆けで河岸へ着くのだと、鰹売りは天秤棒を突いたが、金蔵が土佐沖の豪壮無類な一本釣りの場景を画帳に描いてやると、うなって感嘆した。重ねて、土佐作りの料理法を伝授したら、鉢巻きをとって、

「あんまりほかのやつにいわねえでおくんなせえよ。売りにくくなっちまうから。お頼う申しますぜ。先生」

　と、笑って去った。


　素町人ばかりではない。

　向島の料理茶屋などで開かれる画会に、師の供で行くと、幕臣の御家人までが、

「お前さんは大したお人だねえ。今にきっと狩野派を背負って立つ名匠におなりだよ」

　と、習作を卒直にほめてくれたりする。

　金蔵は土佐ことばでいう「いきり切って」修業に精進した。

　だが、絵師仲間には絵師仲間の感情世界がある。入門早々頭角を表わした金蔵の存在は、洞白の門人大勢を刺激せずにはおかなかった。

「弘瀬は技能は高いかもしれないが、画品が卑しい」

　いわば官学美術である狩野派の風格に欠けるという声が、耳に入ってくる。

江戸初期の巨匠探幽守信の名作を模写している、金蔵のそばからのぞきこんで、

「洞意《とうい》うわけでこう臭いだろう。育ちは争えないらしい」

などと、わざわざ下手な地口まで聞かせる者もある。

師の洞白は門人の告げ口を十に八つは聞き流していたが、それでもときどきは、

「やはり在の絵だな」

と、つぶやく。

狩野一門の保守的な社会が、というよりは、官学美術大和絵の権威主義的な画壇全体が、金蔵はうとましくなった。

いたたまれないときには、吃又の生命力がしのばれ、大津絵をとり出してぼんやり眺める。それに包まれたあの品は、もう生命の枯渇した臍《ほぞ》の緒のように変色している。徳姫は鍛冶橋外の上屋敷にいるので、その後垣間見ることもない。


〈一体なにォしに江戸へきたがじゃろ〉

そんなうつろな気もちが、浮世絵に惹かれた。

土佐派・狩野派の大和絵が「本絵」と権威づけられるのに対して、浮世絵は格段に低く評価されるが、版画という複製の力も手伝って、民衆の熱烈な支持を得ている。

鈴木春信・勝川春章・鳥居清長・喜多川歌麿・歌川豊国らの傑作を、絵草紙屋からひそかに

買ってきては、長屋の隅でむさぼった。

とりわけ、阿波蜂須賀家のお抱え能役者だったと伝わる東洲斎写楽には、同じ四国出身だけに惹かれた。

写楽は寛政六年から七年へかけてのわずか十ヵ月間しか作画期間のない、謎の絵師とされているが、武家式楽《しきがく》として擁護される能役者でありながら、なぜ河原者と卑しめられる歌舞伎役者の絵を描くようになったのか、そしてなぜ忽然と姿を消したのか、残された大首絵《おおくびえ》の圧倒的な迫力に感心すればするほど、知りたくなる。

母親の感化による芝居好きが、この傾斜をなお激しくし、彼は大芝居の江戸三座をはじめ、場末の小芝居から掛け小屋の宮地芝居まで、しらみつぶしにのぞいて歩いた。

彼が江戸へきた年の十一月に、鶴屋南北・桜田治助の二大作者が死んだが、江戸歌舞伎は絶頂期で、五代目松本幸四郎・三代目坂東三津五郎・三代目尾上菊五郎・七代目市川団十郎らの名優が並び立ち、その舞台は洗練の極に達している。

とくに南北の『絵本合法衢《えほんがっぽうがつじ》（立て場の太平次）』『於染久松色読販《おそめひさまつうきなのよみうり》（お染の七役）』『浮世柄比《うきよがらひ》翼稲妻《よくのいなづま》（鈴ケ森）』『法懸松成《けさかけまつなり》田《た》利剣《のりけん》（累《かさね》）』『東海道四谷怪談』などに至っては、金蔵が土佐で接していた上方歌舞伎系の芝居では求められない、江戸生粋の美感覚が最高度に煮つまっていて、むつこい（濃厚な）味の好きな彼も、さすがに舌を巻いた。見るたびに、印象を母親へ書き送った。

母親は芸ごとが骨の髄から好きである。孤児で不幸な生い立ちだったらしく、嫁にくるまでの過去は、ほとんど語りたがらなかったが、神祭《じんさい》の思い出だけは、目を細めて話した。祭りには、四国を回っている旅芝居がかかるからである。

旅の一座が打ちにくると、城下はもちろん近在にまで金蔵をつれて行き、楽屋へ入って床山を手伝ったり、せりふ回しやしぐさや段どりに口出ししたりする。

正規の修業をしたはずはないのに、よほど天分が豊かなのだろう、音曲も踊りも玄人そこのけにうまい。しかも、すこぶる情が温かく、手伝ってやりながら財布をはたいて祝儀を出すので、役者や浄瑠璃語りや裏方たちに姉さん姉さんと慕われていた。

商売の方の女の結髪を工夫する際にも本職の冷静さはなく、芝居がかりだった。夜中を選び、ふだんはほとんど化粧をしない色白の豊満な肌に白粉《おしろい》を塗って、ひとり髪を結い上げ、一張羅《いっちょろ》のよそ行きを着た顔形を、陶然と鏡に写しながら、小さく浄瑠璃を口ずさみ、せりふをいう。

小便に起きた金蔵に見つけられると、そんな夜だけ出して祭る、芸の神さまの小さな人形をなでながら、

「世間さまにいうちゃならんよ。ええ子じゃきにな」

と、くるむような笑顔で念を押す。なぜいけないのか尋ねたくても、あきれるほどの美しさに声が出ない。

強がりでめめしいことのきらいな父親はともかく、あれほど涙もろい芝居好きの母親が、芝

居見物の印象を書き送る伜の手紙に、返事をよこさない。

「お母《か》やんはあほだらじゃのうし。髪結いの伜いうことはもう知れちょるんじゃし、それでいじくれをされるなんぞ、おらァはもう屁でもないに」

臆病な取り越し苦労がおかしかった。


江戸へきて二年目の冬も近いころ、顔見世狂言の舞台を、大入り場の隅からそっと写生していると、しなやかに肩をたたいた者がある。

「ほんものでごぜえすね。狩野派なんぞ描かしとくのは惜しいや」

浮世絵師の渓斎英泉だった。

豊国以後の現役画家では、五渡亭国貞とこの英泉が金蔵は好きで、すでに少なからず影響されていたから、その旨を伝えると、狩野派を学んだことも仕官したこともあり、戯作者《げさくしゃ》になるかと思えば狂言作者にもなった上、女郎屋もいとなむという、この奇矯無頼の美人画家は、

「こいつァ恐れ入りやした」

と、へらへら笑い、小鼻の脂を小指でかいたが、急に真顔になってつけ加えた。

「だが、それほどできるお人は、役者絵をお描きなさらねえがようごぜえしょう」

「なぜですか」

「役者絵は絵描きを殺します」

「とおっしゃいますと？」

いきなり舞台へほめことばを掛けて、英泉はもう人ごみにまぎれこんだ。

藩邸の長屋へ帰って、役者絵版画をくり返し検討すると、英泉の放言の意味がわかってきた。

勝川春章以来、一筆斎文調・鳥居清長・勝川春好・歌川豊国と役者絵の名手が続出し、力作も多く生まれている。

金蔵もそれらの構図や筆致から、長所を摂取してきはしたが、今よく見ると、なるほど、ある限界を破ったものはほとんどない。

その限界とは、大都会江戸における美の需要である。

野卑をきらい洗練を重ねる方向に深入りしすぎた江戸市民の感覚は、好きな役者がただ好きなままに、美しく明るくわかりやすく描かれることを、望むようになっていた。

役者も、自分の幻影どおりに美しくある絵を、〝いい絵〟として歓迎する。

版元がこうした市民の嗜好と役者の欲求に応じて、適度な娯楽材を提供するのは、至極当然の商業であり、真をうがった、みにくさまでも剔抉《てっけつ》してやまない、熾烈な美の追求は、許せない破壊活動として排除される。

空前の大天才写楽が滅び去ったのも、この辺の理由によるらしかった。

つまり、むなしい繁栄をつづけてきた大都会芸術の、なれ合い地獄にはまりこんだら最後だと、英泉はいうのだろう。

彼自身の好敵手の国貞の凋落《ちょうらく》をも、予告しているにちがいないが、ほとんど娼婦ばかりを描き、淫乱絵師を自認し、頽廃へまっしぐらに進んでいる、売れっ子画家のきびしい虚無に、金蔵は民衆と民衆性の奇怪な矛盾を見た。

事実、役者絵に限らず、浮世絵全般は衰弱に向かっていた。その中に巍然《ぎぜん》とそびえ立つ巨峰が、葛飾北斎である。

北斎に傾倒していた英泉のすすめで、翌年の夏、金蔵が北斎の陋屋《ろうおく》を訪れ、浮世絵習得の志望を伝えると、名作『富嶽三十六景』を生み出してなお衰えを見せない、七十二歳の頑固爺は、洗いざらしの浴衣で春画を描きながら、

「浮世絵なんぞ描くことァねえ」

と、ふり向きもせずにいった。

「絵を描きゃァいい」

「絵を……」

「ただの絵さ。わからねえか？」

役者絵にあき足らず、狩野派で本絵を学んだために、勝川一門を追放されてから、土佐派・堤派・光琳風・西洋画までしゃぶりつくしてきた、この貪婪《どんらん》きわまる大画家の眼中には、何絵などという区分けはもはやない。

「では、どのような人のために、描けばよろしいのでしょう」

と、近来の疑問を提出すると、長いあごを突き出して、女の白い太腿にちりちり乱れかかる緋縮緬《ひぢりめん》の複雑な線を、一気呵成に引いてから、

「ばか野郎。人のためになんぞ描いていられるか。手前《てめえ》が見てえから描いてるんだ。だからまだまだ死なれねえのよ。百ぐれえになったら、ちっとァましなものが描けるだろうさ。暇がねえんだ。帰ってくれ」

みずから葛飾の百姓と称する、獰猛な画道の大餓鬼の前を、金蔵は黙って辞した。


目から鱗《うろこ》が落ちたというのだろう。

これまで、緻密なものと感服していた江戸の芝居の舞台が、にわかに索漠と見えてきた。千両役者のせりふ回しや所作の、一つ一つは美しいが、それをつないで行く太い力が欠けている。あまりにも画然と整理され、あまりにも小ぎれいに統一されていて、凝縮がなく流転がなく、律動がなく摩擦がなく、激突がなく爆発がない。

〈収まっちょるのう。こがなことでええはずがないち〉

傾《かぶ》き――。民衆のみたされない怨念、自由と真実への希求がどろどろと煮えたぎり、権力の規制を押しのけて溶岩のように突っ走る、そのどきどきするような危険の美こそが、歌舞伎芝居本然の姿ではないのか。

大道具に塗る泥絵具の膠《にかわ》のような、あのどぎついなつかしい臭みが、歌舞伎美の芳香でなくてはならないだろう。

それが、こんな乾いた、淡泊な、ほどほどのものであっていい、とは思えない。

もっとあの男を近づけて、もっとあの女を傾けて、突っこめ、えぐれ、急げ、臭く、むき出しにと、金蔵は後代のことばでいう演出の志向を、舞台にぶつけはじめ、われに帰って、

〈お母《か》やんに似いちゅう……〉

と、苦笑した。

金蔵の不満は、この時期の江戸歌舞伎に、義太夫《ぎだゆう》狂言の上演が、少なくなっていることにもあった。

四国一円の例にもれず、土佐は義太夫節が盛んで、高知城下へ年に何度の制限つきで打ちにくる旅芝居や、近在の神祭にかかる村芝居は、ほとんど義太夫狂言ばかり上演し、地狂言としてしみついている。

もともと濃厚な、義太夫節の声と太棹三味線の音は、南国の風土の中で、さらにむつこく野卑に肉感を強め、百目蠟燭の炎のゆらめきと、泥絵具の膠の臭《かざ》とまぜこぜになって、妖しい夢幻の空間を創る。

ギダ——という土地のことばの語感は、その手強い官能性を、みごとに表わしている。

〈ああ、ギダが聞きてえ……〉

豊後節系統の、粋な常磐津節《ときわず》・富本節・清元節などが全盛の江戸では、無理だった。文化・文政期を絶頂として衰弱の道をたどったのは、浮世絵や芝居だけではない。江戸の民衆そのものがそうだった。

百花爛漫の大江戸八百八町、弓は袋に刀は鞘に収まって、吹く風枝を鳴らさぬ泰平の御代などと、きまり文句でうたわれる繁栄は、為政者のためのものであり、民衆の本質的な困苦は、少しも除かれてはいない。

その虚飾に気づかないのか、気づいてもそらしているのか、とにかく、

〈収まっちょるのう。こがなことでええはずがないち〉

と、金蔵は藩邸の長屋の窓から市街を見おろし、その視線を転じた。

いわゆる「江戸前」の海が凪《な》いでいる。

こんな入江は海ではないと金蔵は思った。岩頭に打ち寄せる、外海の怒濤を見たい。目のくらむほどの、豊かな陽を浴びたい。ギダのように烈しい風音を聞きたい。そして、その雄大な大自然の中で、せせこましい人事の圧迫にのたうち回っている民衆――小父《おん》ちゃんや小母《ばあ》や兄《にい》や姉《ねえ》と暮らしたい。

〈おらァの描く絵はあすこにある〉

矢も盾もたまらなくなったところへ、帰国の命令が下った。

3

天保三年の春、かつて駕籠をかついで通った道を、駕籠に乗って金蔵は帰った。

母親が死んでいた。

正規のお抱え絵師に出世して倅が帰ってくる、との知らせにほたほた喜んで、親類《るい》へ伝えに行く途中、土手から足をすべらせて川へはまったのだという。

「臓糞《ぞうくそ》が悪い。軽卒《とひょう》なあんぽんたんじゃ。死骸をどやしつけてやった。あがなどたふく、嘆いてやらんじゃちええちゃ」

急にふけた父親は、目やにをこすりながらののしった。

金蔵の手紙が順序どおりに綴じられ、華やいだ小切れで表装してある。母親の丹念な仕事だった。

それを金蔵がぼんやりなでていると、店先を四国遍路の女の地蔵和讃が通る。

〽これはこの世のことならず、死出の山路の裾野なる、賽の河原の物語、聞くにつけてもあわれなり

まぶしい陽光を濁らせて舞う、春の四国路の土埃の底から、からみつくように粘っこい、ギダ三味線の音が立ち昇った。

金蔵が呼びもどされたのは、浮世絵や芝居に傾いている彼に関する非難をうるさがった、狩

野洞白の手配によるのか、それとも彼の天才を手元で花開かせたいと望んだ、旧師池添美雅の建白《けんぱく》によるのか、美雅は語らなかったが、金蔵の弘瀬洞意は、御絵師次席にとり立てられ、絶家していた藩医林家の名跡をついで、狩野風に林《りん》洞意と号し、帯刀を許されて屋敷を拝領した。

髪結いの伜で、まだ二十歳の若輩《じゃくはい》やつが、上士にさえ、

「先生」

と呼ばれる通り者になったが、行状は次第に荒んで行く。

文化・文政期の贅沢な風潮に浮かれた、藩上層部の浪費生活によって、民衆は窮乏し、山村の百姓などが隣国へ逃散する事件も起きている。板子一枚下は地獄という、小舟のような状態に、土佐はあった。

それを無視して安逸《あんいつ》をむさぼる、上士や大町人のために、ましこばった（上品ぶった）絵など描いていられるものではない。

父親ゆずりで強かった酒が加速度に進み、

「なんぼ飲めるか限度《つかり》が知れんぜよ」

と、豪酒に驚かない土佐人を、鼻白ませるまでになった。飲んでも飲んでも、むかむかと肝が煎れる。

「手前が見てえから描いてるんだ」

北斎の口まねをしてみたが、

「ほんならおらァはなにを描きたい」

となると、自答ができない。

江戸の狩野門でさんざん聞いた、卑しいという陰口も耳に入ってくる。それを親切ごかしに伝えてくれた大町人に、卑しくない絵とはこういう絵かと、狩野探幽の模写を見せたら、三拝九拝した大町人は大金で買いとった。

母親の事故死ですっかり気落ちした父親は、拝領屋敷の隠居所で、抜け殻のように暮らしていたが、やがて病床についた。


徳姫が帰国したのは、そのころである。

婚期をとうにすぎていたが、義母である藩主正室との折り合いが悪く、気保養《きほよう》に帰るのだという。

「はん。鬼娘が気保養と。うたてかれや」

お慰みに御前で絵を描くように、との藩命が下り、筆頭の池添美雅が老衰を申し立てて辞退したため、次席が召されたので、林洞意の金蔵は、したたかに鯨飲の上で登城した。

三年前の小者の片割れとはわかるまいと思っていたが、金蔵を引見した徳姫の眉がぴくりと動いた。長い沈黙ののち、

「花鳥を」

顔を庭へそらした。

ぐらぐらする酔眼に、女の肉の薄い鼻梁をとらえたとき、突然そこに陸尺小者熊平の断末魔がよみがえった。そして、あくどいギダ三味線のタタキの音が、雷鳴のように響き渡るのを聞いた。

金蔵の筆が痙攣しながら走り出すと、一座は騒然となり徳姫は蒼ざめた。花鳥どころではない。美姫が若い男を惨殺している、血みどろの絵なのである。

蘇芳色の氾濫の中で、金蔵は突き伏せられ捕えられた。

極刑の強硬論もあったが、美雅の懸命な懇願に救われた。なぜか、徳姫のとりなしもあったという。

狼藉《ろうぜき》は一時の乱心として不問に付され、日ごろの不行状と探幽画の偽作との二件をもって、お絵師の身分と林の姓を剝ぎとられた上、こめかみの生えぎわに烙印を押されて、追放された。

肉の焼ける臭《かざ》を芳香のようにかぎながら、彼ははじめて自分の描くべき絵を把握し、激痛によって確実に、町絵師への踏み出しを決意したのである。

新市町の旧居で父親が死ぬとき、金蔵は徳姫の秘密を洩らされた。

ごく一部の長曾我部遺臣の末しか知らないことだが、徳姫の生母の御国御前は、実は長曾我部家の流れであり、それをひた隠しに包んでいたのだという。

徳姫にも厳重にいい聞かせたにちがいなく、それが徳姫に極度の警戒心を植えつけ、恐怖は長曾我部の流れが多い下士小者への憎悪に変形した——のだとすれば、彼女の異常な残忍さも、苦痛と陶酔の重なった表情も、うなずける。

だが、長曾我部系の者でも、藩上層部に重用されている例は、絶無ではない。すでに藩主息女と認定された、徳姫の素姓がそれと割れても、今さら位置を奪われるなどという心配はないだろう。

金蔵は唾を吐いたが、ふと、こうした人間のとめどもない恐怖を、愚かと笑い切ることは、できない気がした。


幕政修復のため、贅沢禁止を主眼として打ち出された天保の改革は、江戸の浮世絵や芝居の上に荒れ狂ったが、土佐では高知城下の周辺に限られた。

生産力のある漁師や百姓の娯楽を弾圧してしまえないほど、藩財政が逼迫している、という皮肉な事情からである。

金蔵は芝居と神祭のあるところを転々とし、どこでも歓迎された。

朝から大酒を食らい、気が向かなければ描かないが、画興が起きれば猛然と、泥絵具を紙や布にたたきつける。報酬は相手に応じて、魚であったり米であったり、酒であったり金であったりする。

骨がとろけそうなけだるい晩春の微風に吹かれて、造り酒屋の離れで鰹を肴に飲んでいると、

旅回りの一座の立女形《たておやま》が乗りこみの挨拶にきて、

「先生のおっ母さんには、大そうお世話になりまして」

と、芸の神さまの小さな人形を見せた。金蔵の目は閃光に射られた。

母親の死を聞いたとき、これは過失《あいまち》ではないと直感してはいた。伜の帰国を親類《るい》に伝えに行ったと父親は告げたが、母親は孤児で親類もないはずである。

自害なら、その理由はなにか。

髪結いの身分とすれば、あまりにも滑稽すぎる。彼女はどうやら、宗教的な芸能をもって各地を漂泊する、遊行の民の末らしいのだった。

江戸の大芝居の千両役者ですら、河原者と卑しめられるからだといわれれば、一応はもっともに聞こえるが、一体それがなんだというのだろう。

「これがいかんがじゃ、これが」

金蔵は膝をつかんで叫んだ。

だが、遊行芸能民の伜とわかっては、出世のさまたげになる、と身を消した母親の決意を、今の世の中で、一体だれがさげすむことができるか。それは徳姫の狂態と表裏をなしている。

人間をこんな愚かしい無限の恐怖に駆り立てるものの実態――、それを破壊することが、おれに課された責務なのだと、金蔵は思った。

義太夫語りと三味線ひきに、土蔵の中で演奏を命じた彼は、女形役者をさまざまに動きをさせながら、『芦屋道満大内鑑《あしやどうまんおおうちかがみ》（葛《くず》の葉子別れ）』を描きはじめた。

安部保名《やすな》に助けられた狐が、許婚の葛の葉に化けて子をなしたものの、実の葛の葉の登場により、正体が知られたので、

「恋しくば尋ねきてみよ和泉なる信太《しのだ》の森の裏見（恨み）葛の葉」

の歌を残して、信太の森へ去る。

裾からもう尾の出かかった葛の葉狐が、両手の甲を目に当てて泣く、立ち身の姿を女形にとらせ、女形にはない、悲しく甘やかな乳房を描き足しながら、金蔵は巨軀を震わせて嗚咽した。ギダの旋律が造り酒屋の広い土蔵一杯にふくれて、太夫も三味線引きも女形も、のぞきにきた奉公人も村人も、燗酒のように熱い涙を流していた。

おのれのために描く絵を探り当てた金蔵は、それが人のための絵でもあることを知り、一介の小父《おん》ちゃんになった。

町絵師金蔵すなわち絵金の泥絵具は、二つ折りの屛風に躍り、木枠に立て並べられた台提灯として、百目蠟燭の炎に照らされ、村々の祭りの夜を、妖しくおどろおどろしく生きつづけた。

葛の葉子別れのように、実際には一滴の血も描かれていないものもふくめて、絵金絵はすべて血みどろ血まみれの絵だった。

お前極楽、わしゃ地獄

大村彦次郎

榎本滋民《しげたみ》さんは本来、芝居の世界の人である。早くから戯曲を志し、脚本を書き、数多くの演出を手がけた。代表作には山田五十鈴の当たり芸になった「浮世節立花家橘之助・たぬき」や「同期の桜」などがある。

その榎本さんがある時期、小説に手を染めた。当時、講談社から刊行された作品に、「夢二恋歌」という書き下ろし長篇があるが、もう一冊「お前極楽」という短篇集がある。これがこのたび論創社から三十五年ぶりに復刻されるという運びになった。榎本ファンならずとも、その喜びは他に換えがたいものがある。

ところが、それはいいとして、劇作家としての榎本さんの業績についてなら、いまでも称揚する人がいるだろうが、余技として書かれた小説となると、そうはいない。そこで、ただ昔を知る、というだけのめぐり合わせで、私ごとき者に解説のおハチが回ってきたのには困った。奇縁というしかない。

○

その私が榎本さんにはじめてお会いしたのは昭和四十四年の夏、東京・明治座の舞台稽古のときである。上演作品は五木寛之原作の「朱鷺《とき》の墓」で、榎本さんが脚色、演出を兼ねていた。そのころの私は中間小説誌『小説現代』の編集長を務めていたこともあって、榎本さんに小説の依頼をすべく連絡したところ、この劇場の舞台稽古の合間の時間を指定されたのである。

舞台のソデから稽古の現場をのぞいたら、そのときゴム草履を引っかけた榎本さんが何やら奇声を発して、舞台上へ駆け上がった。裂《れつ》パクの気合いとは、あのことか。舞台には水谷八重子、伊志井寛、安井昌二といったベテラン俳優が顔をそろえている。うわあッ！　こりゃ、凄い。気楽に会うつもりできたのに、これからお目にかかる芝居筋の御仁は相当に手ごわいぞ、と一瞬、たじろいだことを覚えている。

それでは私がどうして場違いの榎本さんに面会をもとめたのか、その辺のいきさつについては、当時の文壇事情を手短かに語っておくのがいいだろう。いまでは思いも及びつかないが、戦後の高度成長期におけるわが文壇は、中間小説誌の全盛時代といってよかった。『オール讀物』、『小説新潮』、『小説現代』を〈ご三家〉といって、三誌で百万部をこす部数をもち、他に類誌の小説雑誌が七、八誌も簇出《そうしゅつ》して、競争は激甚をきわめていた。

そのうえ、私の属した『小説現代』では、本誌の他に季刊の別冊がさらに隔月刊になって、年六冊も出る。当然、書き手としての作家が不足する。編集者は血まなこになって、有力な新人を物色する。そのとき私が目をつけたのは映画、テレビ、舞台で活躍する脚本家を小説の世界へコンバートすることであった。シナリオ・ライターなら、箱書きから手をつけるから、スジつまり構成にはつよい、と思った。石堂淑朗、白坂依志夫、藤本義一、のちには隆慶一郎さんらが加わった。

劇評家で推理小説も書いた戸板康二さんに教えられて、東京恵比寿の小劇場へ井上ひさしさんの初期作品「表裏源内蛙合戦」を見に行ったのもそのころのことである。井上さんにはほどなくはじめての小説「モッキンポット師の後始末」を書いてもらった。

榎本さんについては誰からヒントをもらったのだろう。覚えがない。だが、そのときすでに榎本さんは劇団新派に「花の吉原百人斬り」、新国劇に「あゝ同期の桜」などの脚本を書き、小幡欣治、津上忠氏らと並んで、劇界の中堅作家の位置を占めている。また『オール讀物』の懸賞戯曲にも応募し、「孤塁」で第一席に入賞している。まあ、これだけの予備知識があれば、原稿依頼に作者の許を訪れてもふしぎはない筈だ。

舞台稽古が終ったあと、榎本さんとは明治座のパーラーでご対面した。単刀直入に小説の依頼をしたら、榎本さんはやや面長な顔をおもむろにうなずいて、自信ありげに引き受けてくれた。

○

さて、榎本さんの小説第一作「血みどろ絵金」が『小説現代』誌上に載ったのは、その年の暮に出た新春二月号である。明治座で会ってから、わずか三カ月ほどである。近年評価され始めた土佐の異色絵師金蔵の怨念を描いた。さしえは三井永一画伯。目次には「流氷の原」の渡辺淳一さんと並んで、〈本誌が自信をもって贈る'70大型異色二人集〉というツノ書きが付いている。渡辺さんはそれから半年後の夏に、「光と影」で直木賞を受賞した。

「血みどろ絵金」のあと、榎本さんが『小説現代』ならびに『別冊小説現代』誌上に発表された作品には、以下の八篇がある。「八州遊侠伝」（昭47・3）、「世の中じゃなあ」（昭48・1）、「ふるさとまとめて」（昭48・7）、「続・八州遊侠伝」（昭47・別冊新秋号）、「お前極楽」（昭47・別冊爽秋号）、「鷹が一羽」（昭48・別冊早春号）、「忠治を見た」（昭49・別冊新年号）、「だれかさんのお蔵」（昭50・別冊新年号）。

このうち、昭和五十年四月に講談社から刊行された「お前極楽——江戸人情づくし——」には、「八州遊侠伝」とその続篇が除かれて、他の七篇が収録されている。すでに「八州遊侠伝」は新橋演舞場で島田正吾らによって舞台にかけられていた。

収録された七篇中、私の好みをいえば、やはり標題作となった「お前極楽」と、それに「ふるさとまとめて」の人情物二篇がいい。山本周五郎の市井人情物に比しても遜色がない。

前者の題名は〽お前極楽、わしゃ地獄……、片っぽが上がっていきゃ、片っぽが下がる、つるべの車井戸を唄った江戸俚謡《りよう》からとり、これを世に浮かばれぬ品川の宿場女郎と指物師上がりの客の悲恋になぞらえた。

後者は〽ふるさとまとめて花いちもんめ……のよく知られた俗謡から、「まとめて」か「もとめて」かで口争いする小絵馬売りの客と板橋女郎の、故郷を失った流れ者同士の酷薄な人生を浮かび上がらせている。

「鷹が一羽」、「忠治を見た」の二篇は、この作者の飄逸、滑稽な資質の一面を見せて、時代物にはめずらしい興趣にあふれている。それにくらべると、「血みどろ絵金」、「八州遊俠伝」は限られた枚数にかかわらず、なかなかの力作だが、材料が詰まり過ぎ、むしろ長篇書き下ろし仕立てにしたら、作者の構想もずっとひろがって、大成を見たのではなかったか。持ち前の考証癖がスジの転回に待ったをかけているきらいもないではない。

劇作家上がりの池波正太郎さんも小説に転じた当初は苦労した。直木賞候補になること六度目にして、「錯乱」で受賞した。ときに三十八歳。それが「鬼平犯科帳」で大化けした。七歳年上の、劇界の先輩であった池波さんのことを榎本さんが意識しないわけがない。

○

榎本さんは昭和五年二月、東京瀧野川に生まれた。通称〈ジミン〉。父は近くの造幣廠勤務だったが、先祖は代々王子権現の宮司職。そのこともあってか、本人は家康公入府以前からの、江戸ッ子原人をもって任じていた。

国学院大学中退後、教科書会社で編集の傍ら、劇作の道へ進んだ。最初、安藤鶴夫さんの許へ出入りしていたが、酒席でつまらぬことから口喧嘩した。鯛焼きのシッポに餡が入っているのがいいか、わるいかで争って、破門された。いや、榎本さんからすれば、おん出てやった、という。榎本さんの才を愛した新派の御大川口松太郎さんに引き取られ、以来、川口さんに仕え、師の脚本や演出をよくこなした。

酒が好きだった榎本さんは酔うと、川口さんの口跡を真似た。歯切れのいい、高ッ調子な東京弁である。私も何度か聞いたが、その巧みな声色には、師たる川口さんへの心酔ぶりが窺えた。

平成十五年一月、硬膜下出血で急逝、あと半月ほどで、満七十三歳を迎えるところだった。

この作品は一九七五年四月に講談社より刊行された。
また、今日の人権意識に照らして不適切と思われる語句や表現もあるが、
時代的背景と作品の価値に鑑み、修正・削除はおこなわなかった。

榎本滋民（えのもと・しげたみ）

一九三〇年、東京生まれ。劇作家、演出家。國學院大學文学部中退。六一年「女中っ子」の脚色を担当してデビュー。代表作に「花の吉原百人斬り」、「同期の桜」、「浮世節立花家橘之助・たぬき」、「愛染め高尾」など。小説には『夢二恋歌』、『長屋歳時記』などがある。また、落語にも造詣が深く、『古典落語の世界』、『落語ことば辞典』などを著している。二〇〇三年、硬膜下出血のため逝去。享年七十二歳。

お前極楽《まえごくらく》　江戸《えど》人情《にんじょう》づくし

二〇一〇年五月二十日　初版第一刷印刷
二〇一〇年五月三十日　初版第一刷発行

著　者　榎本滋民
発行人　森下紀夫
発行所　論　創　社
東京都千代田区神田神保町2—23　北井ビル2F
電　話　（〇三）三二六四—五二五四
振替口座　〇〇一六〇—一—一五五二六六
URL　http://www.ronso.co.jp/

印刷／製本　中央精版印刷

ISBN978-4-8460-1045-4